背任

HAININ

南　泰一

Minami Taichi

文芸社

本作はフィクションです。実在する
個人・団体とは一切関係ありません。

一

一九七八年四月上旬、少し肌寒い中、永田宏は新品のユニフォームを着て、中古のホンダ・シャリィに乗り、大卒の新入社員として、国鉄某駅の北東に位置する女子短期大学の新校舎建設現場に向かっていた。

シャリィといえば、宏が進学高校時代、家から学校までの距離によっては原動機付自転車通学が許可されていた。もちろんヘルメットは完全着用だ。

宏の仲間の連中はシャリィ愛用者が多かった。その何台も列をなす様子は、ダチョウが群れをなしている姿に似て滑稽だった。

親分肌の宏は、それに反してスズキのバンバンに乗っていた。パーマのかかった長髪をノーヘルでなびかせ、座る位置をやや前にして乗って通学していた。

冬服は長ランにボンタン姿で、夏はボタンダウンのワイシャツと、ズボンはスリムに替える。ファッションにはかなりこだわりを持ち、コンディショナーの匂いにも気を遣っていた。そんな宏に興味を持つ女子高校生たちも多かったようだった。

現場事務所に到着して二階に上がっていく。

「おはようございます。本日からお世話になります、永田宏です。よろしくお願いします」

宏が挨拶すると、上座の二席にいた者がそれぞれ挨拶を返した。

「建築部の松永です、よろしく」

「土木部の込山です、よろしく」

この現場は建築部の現場なのだが、山を造成しなければならないので土木部も一緒に現場をはっている。この二人が現場の所長ということであろう。

「おい、島崎君、永田君と野上君に現場の説明をして、仕事を与えてくれ」

松永が、島崎という男に声をかけた。

宏は野上とは新入社員研修の時に会った。同じく建築部に配属され、高校卒業のツッパリ兄ちゃんという感じだ。頭髪はパンチパーマ、宏と同じでメガネをかけているが、それが斜め三十度ぐらいになっており、身長も宏よりはやや低いが百八十センチメートル弱ありそうだ。高校時代は応援団に所属していたということを社内研修時に聞いた。

「副所長の島崎です、よろしく。まずは設計図で建物概要を説明します」

島崎が設計図を持ってきてそう言った。

宏は大学ではゾーニングからプランニングをして、図面を仕上げたことはあるが、これだけ細かく寸法が入っている図面は初めてだった。

「これが設計図ですが、でも、この図面だけでは建物は出来上がらない。それを施工できるようにするには、数百枚の施工図というものを描かなくてはいけない」

現在ではＰＣとＣＡＤシステムが進歩しているので描く時間はかなり短縮されてきたが、当時はドラフターという製図機にトレーシングペーパーを貼って鉛筆で描いていた。左手で定規を動かし、右手で線を引くのだが、そのために肩がこるという経験を、宏は二十代の若さで初めてさせられた。それでも、大学のコンペで描いていたのは多くても十枚くらいで済んでいた。これから肩こりと付き合うのかと思うとうんざりする。マッサージとハリの行きつけを探さないといけない、と宏は思った。

島崎が杭の施工図を青焼きしてきて、再び二人に声をかけた。

「じゃあ、現場に出て説明するから、ヘルメットをかぶって、安全靴を履いて外に出よう」

宏は安全靴を履こうとしたが、編み上げ靴の紐を装着するのに手間取った。それに比べ野上は、すいすいと紐を金具にかけて外へ出た。たぶん高校生の頃に測量実習などで履いているので慣れているのだろう。しかし宏は大学では都市計画専攻だったため、現場初日から、それも靴の履き方から指導されるとは思わなかった。余計な汗をかいてしまい、高卒にやられた、と思った。しかも外に出ると、島崎が宏に目を向けてニヤリとした。こいつは陰険な男なのか、とも思った。

現場は杭を掘削するための櫓が三か所、組み立ててあった。宏は大学の構造本の杭施工のページを頭の中で捲った。

（この工法は、深層工法だ）

ケーシング（丸い鉄板）で表層土を山留めして、送風機で空気を掘削穴の中に送り、作業員が削岩機で穴を掘り進めるのだ。杭の支持層は八メートルから十メートルくらいだと見当をつけた。

すると突然、島崎が「永田君、この杭の工法はなんですか？」と聞く。

それ来た、待ってました、と言わんばかりに、宏は素早く、「深層工法です」と胸を張って答えた。

横にいる野上は、上を向いて空を眺めている。高卒ではわからないだろう、一本お返しだ、と宏は内心でほくそ笑んだ。

現在では、岩でも掘削できる機械で施工するようになっている。近いうち、現場にロボットが出るようになるに違いない。しかし、技術者と職人はいくら機械化が進んでも必要だ。それは、宏が建築技術者の道を選んだ一つの要因かもしれない。

宏があとで知ったことだが、副所長の島崎はマンモス大学を卒業して大手ゼネコンにいたという。それがなぜ、この地方企業の佐伯建設に入ったのか？　島崎は長男で、父親は地元銀行のお偉いさん。地元に帰ってくるというのが実家からの条件だったらしい。噂では父親のコネを利用したという。当然、その地元銀行は佐伯建設のメインバンクでもある。

コネといえば、宏も同じように、ある人を使って佐伯建設に入社したのだった。

二

宏の行っていた大学は、三年生からは専攻する分野の研究室に入らなければならず、都市計画専攻の宏は小庭研究室に入った。

そこには、大学生活四年もいれば六年以上もいた。たしか最大八年の在学しか認められていないはずなので、六年いる学生は来年になればリーチがかかる。大三元の役満ぐらい頑張らないと中退となってしまう、大変だ。

この研究室には大嶋という助手がいた。彼も島崎と同じマンモス大学出身で、講師もしていた。犬も歩けば何とやらで、人も歩けばマンモス大学生・卒業生に当たると言える。

その大嶋が、小庭教授から研究室の学生を預かっている。彼はいつも葉巻をくわえているので、狭い研究室にはそのにおいが染み付いていた。宏にとっては、ほどよい匂いに感じられた。

三年の後半からは、卒業論文に向けての研究テーマを決めなければならない。宏は一年の頃から気の合った友人である、後藤、秋田、森山とチームを組み、新宿通りの街並みについて調査研究をすることにした。

理由はたいしたことはない。いつも夜、出没する歌舞伎町への通り道であるから、夜の調査（流動調査）を行うにはもってこいの場所だからである。

とはいっても、一つの交差点で人の流れをカウントするのに、左右の手に二個ずつカウンターを持って、人の流れを四方向に分けて打つ。それも立ちっぱなしでやらなければならない。警視庁に調査許可を出していないので、椅子に座ってはできないのだ。

ある日の夕方、宏は青梅街道から西武新宿駅へ行く交差点でカウンターを打っていた。横断歩道の信号が赤になっている時、なにげなく新宿西口方面を見ると、ひときわ目立ついい女が微笑んでいるのが見えた。宏は即座に、歌舞伎町の行きつけのカウンターバーに立つ女性たちを頭の中で思いめぐらせた。

（あっ、あいつだ）

年の頃は二十三、四歳で、ショートカットのユキだった。たしか出身は長野と聞いている。

信号が青になって、ユキが微笑みながらこちらに向かってくる。宏はそれでもカウンターは正確に打つ。そこにユキが近づき、「ご苦労様です。今夜、待ってるから」と言って、足早に東の方面に歩いていった。

宏は考えた。この場所でのカウンター打ちは、一時間おきに仲間と交代して一時間の休憩に入れる。その時間をねらって、ユキの待つカウンターバーに行こう。一人で行くのは気が引けるが、真夜中のチャンスがないわけではない。ユキが二度目の二人だけの夜を与えてくれるかもしれない。

ユキとは以前、こんなことがあった。宏は飲んでいて終電に間に合わなくなり、そのままユキとカウンター越しに飲んでいた。すると、「どうするの?」とユキが聞きながら、宏の隣に座り直した。

酒は、金に余裕がある時はサントリーの角、ない時はブラック&ホワイトだった。この夜は疲れているせいか、少し悪酔いをしているようだ。

その夜は雪が降っていて、宏はタクシーで笹塚にあるユキのアパートに連れられて行った。宏はかなり酔っていたが、アパートに着くなり頭がさえてきた。ついでに陰部もさえてきたようだった。

陰部の安全防備もせず、ユキの濡れた花びらに挿入する。彼女の甘いうめき声が、大学生の宏には、やけに大人びた感じに聞こえた――。

そんなことを思い出していると、店のドアが開き、ニヤニヤした顔の男が入ってきた。

「永田、何さぼってるんだよ。そろそろ交代だろ」

研究チームの後藤だった。

今夜の行為は、はかなく散った。残念無念……。

大学三年が終わり四年生になった頃には、小庭研究室に泊まり込みで卒業論文を、それぞれ分担して作成していった。

十坪程度の研究室なので、まず寝る場所を宏は心配したが、在学八年目に入った田坂、あだ名は〝トッサン〟が、

「永田、ねぐらは心配しなくていい。上を見ろよ、四人確保できるぞ」

と上を指差した。入口ドアの上を見上げると、そこには木造の中二階が造られていた。

「かなり前の先輩たちが、作製したようだぞ」

と、トッサンが言う。宏はそれでも心配だった。

「トッサン、俺の身長でも大丈夫か？」

「駄目なら、足をくの字にして寝れば」

「おまえの腹もつかえないか？　腹は削るわけにはいかんぞ」

「痩せるから、大丈夫だ」

トッサンはそう言うが、当てにはならない。何しろ彼は大学に入ってからずっと、パチンコと行きつけのスナックは毎日欠かしたことがない。それもスナックで飲むのは瓶ビールだけだというから、出腹になるわけだ。

ただ、この研究室で唯一感心するのは、室内では決して誰も酒を口にしないことだ。論文に集中できなくなるからだろう。だが、腹が減るのとタバコだけは、どうしようもなかっ

た。

田坂のタバコはエコーだ。これもあだ名が〝トッサン〟となった理由の一つでもある。〝トッサン〟とは「お父さん」の略語である。ようはじじくさいということ。ただ、そうめんを作らせたら最高にうまい。人には何らかの取り柄があるものだ。それと、実家は岐阜で大きな建築設計事務所を営んでいる。八年も大学にいられるのはそのおかげだろうが、親も大変だ。

研究室での泊まり込みがあるので、宏は下井草のアパートには週二回帰ればいい方で、その時に銭湯に行き、体をお湯につける。あとは大学の地下にある体育会系の部室のそばにあるシャワーを浴びるのが定番になっていた。

下井草のアパートは、たまに掃除をしておいてくれる女《ひと》がいた。亜美という。

亜美は、宏と同じ西武新宿線沿いに住んでいる銀行ウーマンだ。宏はさほど抱きたいと思うほどには好意を持っていなかった。

亜美と知り合ったのは、後藤と一緒にディスコに通っていた三年生の初冬だった。場所は歌舞伎町のカンタベリーハウス。

その日は寒かったので、宏は帽子を深くかぶり、ナンパのつもりはなかったが、後藤と踊っているうちに女性二人に近づいた。後藤が先発隊で彼女らに声をかける。

「ねえ、一緒に飲まないか。ちょうど二対二だし」

すると女性たちはダンスをやめ、顔を向き合わせて何か言っているのだが、音楽にかき消されて宏には聞こえない。と思っていたら、「いいわよ」と、亜美とは別の女性の洋子が言った。宏はこの洋子の方を気に入った。

四人で訳のわからないウイスキーの混合酒を飲み、宏が二人の女性にチョロチョロと目配りしていると、後藤が耳元で「どっちにする?」と先に譲ってきた。「洋子だな」と宏が答えると、後藤はごねることなしに「わかった」と返した。

宏の下半身に衝撃が走る。決して口が上手ではないが、なんとか洋子をくどき始めた。しかし、どうも洋子の調子がイマイチであるとともに、亜美が宏の方を気にしているのがわかる。

これはまずいぞ、と思い、後藤を指でつついて、トイレに行くぞと誘い、二人の女性に失礼してトイレに駆け込んだ。

「おい、おまえ、うまく亜美を誘えよ。このままじゃ洋子をものにできないだろ」

宏は後藤の小便器を覗きながらそう言うと、俺よりもでかい、とショックを受けたが、ここは負けてはいられない。

「後藤、頼むから、とりあえず亜美とうまくやってくれ。親友だろ」

「こんな時だけ親友ぶるなよ。……わかった」

後藤には将来を約束した女性がいることを宏も知っているが、そんなことはかまわない。

今夜は協力してもらわないと困る。

後藤のあとから席に戻ると、洋子が後藤の横に座り何やら喋っていた。話が違う、と思っているうちに、亜美が宏の横に座り、訳のわからないウイスキーを宏のグラスに足した。

(まいった！　逆じゃないか！)

と後藤の顔を見ると、手を横に振った。

これはやられた、と宏は思った。

後藤は所詮、どちらでもいいのだ。約束の女《ひと》がいるから。しかし宏はそうはいかない。ユキだって所詮はカウンターバーの女、容姿は良くても長く付き合える相手ではない。

四人で飲んでいるうちに、終電時刻が近づいてきた。宏は研究室に泊まろうかと思ったが、全員が西武新宿線のため、四人で帰ることになった。

暗い店内から外に出ると、亜美と洋子の顔がはっきりと見えた。宏は、二人ともユキに比べればたいしたことはないな、と思いつつ駅に向かって歩いた。

少し歩くと洋子が、宏と後藤に「また会わない？」と言った。

後藤が宏の顔を覗く。宏は、洋子が自分の方に気持ちが動くとは思わなかったので、もうどっちでもいいや、と考えていると、後藤は「オーケー、いつにする？」と勝手に二人に言う。

この野郎！　と宏は胸の奥で叫んだが、後藤と洋子が話を決めてしまった。

後日、都市計画の講義前に、宏は後藤に「あの夜は、気を遣ってくれてありがとう」と皮肉を言った。すると後藤は「女は、顔と陰部が正反対の場合が多いぞ」と慰めを言った。

あとでわかったことだが、この夜の終電の中で、後藤と洋子は密約を結んだらしい。それは、亜美が宏に一目惚れしたので、二人を絶対にくっつけると企んだのだそうだ。

しかし、男とは不思議な動物だ。宏は最初は惰性で亜美と付き合い始めたが、日々追うごとに惰性ではなくなってきた。

だが、まだ亜美を抱く気にはならなかった。どうも、処女っぽいのだ。

処女は宏にとっては面倒臭い。初夜に泣いてしまう女もいれば、味を占めて会うたびに求めてくる女もいる。宏は女に対しては自分勝手である。

後藤は、そんなことは関係なしに、「おい永田、亜美はどうだった?」と感想を聞きたがる。人の気持ちも知らないで呑気でいいな、と宏が答えずにいると、「まだ駄目なのか? 情けないね」と呆れたように言った。

物思いにふけっていると、講義が終了して昼休みに入った。宏と後藤は五階の学食へ向かい、宏は定番のチキンカツ定食の食券を買って調理のおばさんに渡す。後藤は焼肉定食を頼んだようだ。

トレイを持ってテーブルに移動すると、後藤が何か言いたげに口をひらいた。

「永田はチキンばかりだな。そのうちどこかが赤くなるぞ」

「心配ご無用、亜美の花びらはまだ突いてない」

あとは二人で定食をガツガツたいらげてゆく。

宏が先に研究室に戻ると、田坂が声をかけてきた。

「永田、斉藤亜美という女《ひと》から電話があって、戻ったら自宅に電話くれるように頼まれたよ」

たぶん研究室内の電話ではなく、研究室前のピンク電話にかかってきたのだろう。やばいので、宏は亜美にピンク電話の番号しか教えていない。

亜美の自宅の電話番号はたしか控えておいたはずだが、酒に酔っていたから、どこに書いたか思い出せない。そこに、焼肉定食を食べ終えた後藤が戻ってきた。借りは作りたくないが、後藤に聞いてみることにした。

「後藤ちゃんよ、この前四人で飲んだ時、俺、彼女の電話番号どこに書いたか覚えてる？」

宏はわざと困った顔をして見せた。

「しょうがねえなぁ、まったく面倒見るのも大変だ。たしか、箸の袋にメモってたような気がする」

宏はジーパンのポケットをあさる。

「あった」

現在では携帯電話、スマホがあるからそれに登録しておけば何のことはない。喋るのが面倒ならメール、SNSなどで送ればいい。しかし当時はそんなものは当然なかった。

後藤の目が気になるので、あとでピンク電話から亜美に連絡しようと宏は思った。

だが、たしか亜美の自宅は建築の工務店だ。電話をしてすぐ亜美が出ればいいが、家族の人や従業員が出たらと思うと、あまり気が乗らない。

そんなことを考えていると、研究室前のピンク電話が鳴った。誰も取ろうとしないので、宏が受話器を取り、「はい、小庭研究室です」と答えると、声でわかったのか、「わたし」と亜美が言った。

「あっ、今電話しようかと思ってたところだよ」

そう言うと、無言のまま電話は切れた。

どうかしたのかと、頭の中で考えを巡らせていると、研究室から後藤が顔を出し、何か言いたげにしていた。

「後藤、何か用事か？　今、取り込んでるからあとにしてくれ」

「今夜の流動調査どうするの？　打ち合わせしようよ」

今夜は、新宿通りの紀伊國屋書店から伊勢丹までを調査する計画だった。

久しぶりに、ユキのカウンターバーにも行きたくなった。

ユキと亜美を頭の左右で天秤にかける。宏の生まれ星座はまさしく天秤座だった。亜美とは数日後に会うことにしよう。急にユキの体が欲しくなった。調査の休憩時間に行こう。それも最終電車が出る頃にしよう……。甘い考えが、頭の中を走り抜ける。

心が決まったので、もう一度、亜美の自宅に電話を入れようと思い、ポケットから十円玉を探すのだが、ない。

研究室のドアを開け、田坂のトッサンに「十円玉貸してくれ」と言うと、ニヤリとしながら五枚くれた。

二枚を先にピンク電話に落とし、ダイヤルを回す。するとコールが三回聞こえてから、「もしもし、斉藤工務店です」と亜美の声がした。

「俺だよ」と言うと、電話の向こうで鼻を啜る音がする。

泣いてるのか？　と思い、「亜美、どうした？」と聞くと、少し時間を置いて、「……なんでもない」と答えたが、なんでもなくはなさそうだ。「今夜、会いたいの……」と言われ、宏は本当にまいった。今夜のユキとの計画が、ドミノ倒しのように崩れていく。

結局、亜美には夜の調査が始まる前に二時間付き合うことにした。

西武新宿駅の近くに、たまに行くナポリ風レストランがある。宏はその店の外でタバコを吹かしながら、亜美の来るのを待っていた。

現在では、店内でタバコを吸うには根性が必要だ。連れがタバコを吸わなければ喫煙席を選ぶわけにはいかず、外に吸いに行くか我慢しなければならない。

田坂のエコーにはまいったが、宏はショートホープを吹かしていた。タバコは十六歳の頃からやっていたが、何種類替えたかなあ、と数えていると、亜美が来たので店に入った。

今日は亜美が色っぽく見えるが、たぶん照明のせいだろう。

店の一番奥の席に座ると、亜美がすぐさま言った。

「ねえ、来る途中で後藤さんに会っちゃった」

「それで？」

「後藤さんたらとぼけて、『斉藤さん、誰と待ち合わせ？　永田にばらしちゃうよ』だって」

「反発しなかったの？」

「宏さんと待ち合わせよ、って言ったわよ。そうしたら後藤さん、『夜の調査があるから、あまり時間がないと思うよ』って言ってたわ」

宏はその調査があるので、今日は酒を飲むわけにいかない。

「亜美、酒飲んだら？」と言うと、「宏さんが飲めないから、今夜はやめときます」と殊勝な返事をした。

じゃあ何食べようかな、と悩んだ末、宏はトマト風チキンカツとライス、亜美はタラコスパゲティーを注文した。

料理が来る前に、亜美が唐突に話し出した。

「うちは女の子ばかりの三人姉妹よ。私が長女だから、父は建築工務店の跡継ぎをどうしたらいいのか考えてるらしいの」

「親父しだいで、やれるだけやって店じまいすればいいんじゃない？」

宏があっさりと答えると、亜美は畳みかけるように言った。

「大手建設会社の協力会社にもなっているから、そう簡単に辞められないのよ。ねえ、今度、うちに来ない？　うんと御馳走作っておくから」

おっと、そうきたか。亜美の魂胆はわかっている。宏を家族に会わせて、「〇〇大学の工学部建築学科に通ってるのよ。最高でしょう」と言うのだろう。宏は憂鬱になってきた。亜美と結婚するようなことになれば当然、親は家業を継いでくれると期待する。

（やられてしまう……）

宏は頭の中が朦朧として、何も返す言葉が見つからなかった。

そこで、やっと注文した料理がテーブルに揃った。宏は酒を飲みたくなった。でもこれから調査だ。

亜美を前にして、調査が終わったらさっさとユキのところへ行こうと考えていた。研究室にまっすぐ帰る気にはなれなかった。

料理を食べ終えると、店に入ってから一時間半が経過していた。

「あっ、もう行かなくちゃ。調査に遅れるとまずい」

宏はこの場から早く逃げ出したかった。しかし亜美が「返事は?」と追い詰める。

「考えておくから」と言って、レジの前に二人で立った。

「私が払うからいいよ」

こんな時は、銀行ウーマン様々だと感謝する。

外に出ると、もう暗くなっていた。宏が亜美を引き寄せ、抱きしめてキスをすると、彼女の目からしずくが落ちてきた。宏はなお強く亜美を抱きしめた。

(俺のハートは、どうなってるんだ……?)

まともに考えることができなくなり、亜美を放して、

「気をつけて帰れよ、じゃあな」

と、宏は振り返らずに新宿通りの調査に向かった。

三

宏の大学生活もすでに四年目になり、論文も最終段階に入ってきた。調査は全て終わり、目標としていた数字が揃い、統計も完了している。ここからやっかいなのが、統計をどのように文章化していくかだ。数字も理屈が合わなければ、ユキと亜美をたして二で割ったようなものだ。

「まずい、まずい……」

宏は論文の目鼻がつくまでは女禁しようと決めた。

だが、宏だけが腹をくくっても、チームのあと三人、後藤、秋田、森山がついてこないと困る。とくに心配なのが後藤だ。宏とは一番仲のいい友だが、なかなか操縦しづらいのだ。

結局、洋子の扱いだって、三、四回デートをしたのは知っているが、それからあとは宏と酒を飲むたびに、女についての扱い方を論じるだけで、後藤は洋子のことには触れない。きっと元の女と付き合っているのだろう。

秋田と森山は、新宿通りの図面に書き込みを行い始めた。出来栄えはいい方だ。この調子でいけば、どうやら年内にはほぼ完成して最終チェックに入れそうだ。

最終学年の冬休みは、少しバイトもできそうだ。金を貯めておかないと来春、ユキと亜美とのことがどうなるかわからないからな、と宏は考えた。

冬休みは結局、小庭教授が経営している都市計画事務所でバイトをさせてもらうことにした。

亜美には、実家に帰ってゆっくりしてくると嘘をついた。そうでも言っとかないと、やれ大晦日だ初詣だと誘われてはたまらない。

池袋にある小庭教授の事務所には、三十人程度が勤務している。都市計画事務所にしては、大きな会社の部類に入るだろう。

バイトの内容は、用途地域の色付けとか、計画パースのトレースが主だった。

ある日の休憩時間、事務所の隅で、ショートホープはやめてセブンスターを吸っていると、宏と同じ研究室にいた一年先輩の野口が声をかけてきた。

「永田、どうだ、慣れたか?」

「頭の中で計画を練るわけではないので、すぐ慣れました」

「そうか。ところでおまえ、就職活動はしてるんだろうな?」

「それが、ようやく卒業論文が仕上がったばかりで、一月中旬から本格的にやろうと思っています」

「甘いな、今もオイルショックの影響で建築関係の仕事は良くないぞ」

宏にとっては、オイルショックよりも女性ショックの方が大きかったのだが、その時ぱっと頭に閃いたことがあった。

「野口先輩、社長の小庭教授にかけ合ってくれませんか？　私の就職先、ここでお願いできませんかね」

「永田、よく聞け。都市計画事務所だからといって、論文を書くようにはいかないぞ。それにこの事務所は、一級建築士を取得しない者は丁稚奉公と同じで、給料なんか雀の涙だ」

宏はふてくされながらも、

「いいですよ。それでもなんとかお願いします」

と頭を下げた。

「わかった。おまえがその気なら、小庭教授はたぶん、来週には顔を出すはずだから、頼んでみるよ」

就職なんてまるで考えていなかった宏だが、全然焦りもなかった。

（他の仲間の連中は、どう考えてるのかな。結構、抜け駆けをして就職活動してるかもしれん……）

田坂のトッサンみたいに、親父の事務所に滑り込めるのもいる。まあ、なるようになるさ、と宏は重く受け止めてはいなかった。

バイトで八万円稼げたので、宏は久しぶりにユキの店へ顔を出してみた。

「遅くなったけど、新年明けましておめでとうございます」

と宏が言うなり、ユキは抱きついてきてキスをした。

「おい、お客さんが見てるぞ」

「だって、久しぶりだもの」とユキは子供のように言う。

「酒は残ってるか？」と尋ねると、ユキは反対向きになり、ボトルキープの棚を見上げる。空になったブラック&ホワイトに宏の名札が下がっていた。

「何にする？」

宏はもちろんサントリー角を頼んだ。今夜はロックの気分だ。グラスの横に氷の入ったグラスを置く。宏のロックの飲み方である。

「ユキ、おまえ、年末年始は実家に帰ったのか？」

宏が聞くと、生理不順で具合が悪くてアパートでゴロゴロしてたと言う。宏はギョッとしてユキの顔を見つめる。微笑みを返されてしまった。

「違うわよ」

「どうしてわかる？」

「女の勘よ」

酔いが回ってきた。宏はおしぼりをもらい、顔を拭く。ユキはニヤニヤしている。人を困らせといて楽しいのか！　と心の中で叫ぶ。が、とにかくひと安心。

今夜は終電前に帰ろうと決めると、亜美の顔が頭に浮かんだ。電話くらいしてやろうと思ったが、「家に来て」なんて言われると事なのでやめることにした。

しかし宏は、一度は亜美の家へ行かないといけないと思うようになっていた。いつにするかが難しい。そんなことを考えていると、また酒が回ってきた。


アパートのベッドで目を覚ますと、時計は午前十時を回っていた。

一月下旬、もう講義には出なくていいのだ。単位は十分取得した。あとは卒業論文の制作発表を二月上旬に行えば、新宿とはおさらばとなる。

歌舞伎町が、やけに懐かしく思えてきた。永田宏を大人にしてくれた街。勉強させてくれた街。そして、出会いを作ってくれた街。いや、これから別れを作る街になるかもしれないと思いつつ、ベッドの上でセブンスターをふかす。

さて、顔を洗って歯をみがき、ウェーブのかかった髪をドライヤーで整える。いつものオーディコロンをつけると、気持ちが前向きになってきた。

さあ、研究室へ戻るか。

アパートから下井草の駅まで十分くらい歩く。宏にとって、頭をすっきりさせるにはちょうどいい距離だ。

ラッシュはとうに過ぎているので、どこの車両にも座れる時間帯だ。二番線に乗れば亜美の家がある駅に行くが、そういうわけにはいかない。どうせ行っても、この時間は銀行で働いているだろう。宏は当たり前のことを思い、一番線に滑り込んできた普通列車新宿行きに乗る。いつもだと途中で急行に乗り換えるのだが、今日は時間があるし、少し考え事をしたかったので、そのまま座り込んでいる。

亜美の家に訪問すべきか……。まだ、迷いが続く。行けば亜美は喜び、両親もそのつもりにさせてしまう。

「やっぱり、行けないよな」と思うもう一人の宏がそこにいた。三人悲しませるより、一人悲しむだけの方が罪は軽くなるだろうか。

「いや、そんなことはない」と、もう一人の宏がまたそこにいる。

宏は、自分自身が真面目なのかワルなのかわからなくなった。

たしかに進学高校在学中は、表向きはワルの中のワルだった。しかしこれには理由《わけ》がある。

当時、高校の入学試験は県立進学高校二校による総合選抜方式だった。その高校入試の前日から、宏はすごい熱を出してしまったのだ。当然、受験できる状態ではない。当時は病気による助け舟（再受験）もなかった。それまでだった。

宏は翌年受験して、親が親しい県会議員から連絡を受けたのだが、トップテン入りしたという。こんなことなら前年、議員さんにお願いしておけばよかったと思った。

しかし、選抜されて入学した進学校は後発メーカーみたいなもので、たいして優秀な教員もいないのに、先発メーカーの進学校に追いつけ追い越せで、生徒たちを将棋の駒のように扱った。

宏が高校一年生の時、生徒指導で親も一緒に担任と、成績と進路について話をした。すると担任は「永田君は、国立一期の大学でも大丈夫ですよ」などと言うのだ。宏はすぐにグレた。

（これは、本来の教育とは違う。俺たちをダシに使ってるだけだ）

今でもその思いは、変わらない――。

そんなことを思い返しているうちに、西武新宿駅に着いた。

いろいろなことに、そろそろ決着をつけなければいけないと思いつつ、西口に建設中の高層ビル現場を見つめた。将来、西口に高層ビルはいくつくらいできるのだろう。それにしても、新宿というところは昼夜人だらけだ。この中で純粋の江戸っ子はどのくらいいるのだろう。流動調査の時、抜粋して男女別に聞き取り調査も加えればよかったか。まあ、作業的に無理があるだろう。

そんなことを考えながら研究室に着くと、研究チームメンバーが揃っていて、後藤が論文の説明、秋田と森山は図面の説明のリハーサルをやり始めていた。

「おお、後藤、真面目にやってますね」と宏がちゃかすと、「リハーサルが終わったら、昼食くらいおごれよな」と後藤が言った。

明後日が卒業論文の発表会で、各教授が採点をするのだ。六十点以上が合格となるので、まず落ちることはないだろう。


二日後、無事に論文発表も終わり、大嶋助手が採点表を研究室に持ってきた。

「おめでとう。どの論文も合格した」

「私たちは、ちなみに何点とれましたか？」

宏が大嶋助手に聞いた。

「メン・タン・ピン・ツモ・ドライチ」

「ああ、八十点ですか」

一番喜んだのは、もうあとがない田坂のトッサンだ。

「トッサン、よかったね」と宏が言うと、「今夜は僕がおごるから、荻窪のスナックで打ち上げをしようよ」と田坂が返す。

「一同賛成！」

飲みに行くには時間がまだ早いので、各グループや個人の卒業論文・図面を公表した。意外なことに宏は、田坂の「夜の新宿ゴールデン街の将来について」に非常に興味を持った。その中でも、ゴールデン街ラウンジバーの図面はとても奇抜だった。円形の回り椅子とカウンターが、小さい円と大きい円になっていて、それが一時間半でホール内を一周するようになっており、内側には接客女性が列をなしている。さすが、だてに八年無駄飯を食べていない。これも八年間の夜遊びの集大成なのだろう。

のちに、この作品を基に歌舞伎町に人気店のラウンジが造られたことを宏は知った。やったね、トッサン。

やがて外が暗くなってきたので、皆で研究室を出て荻窪のスナックに向かった。

「どんな店だろう。トッサンの行きつけの店だからなあ」と後藤が心配そうに言う。

「とりあえず店の女だよ。婆さんばっかりだとまいるよな」と宏が返す。

荻窪の駅に着くと、田坂を案内人として十人ほどがあとをついていく。

「ここだよ」

田坂が言いながら木製のドアを開けると、中は結構広かった。

「田坂さん、待ってましたよ、いらっしゃい」

店のママと思われる人に迎えられ、いやな予感が的中した。宏と後藤は顔を見合わせる。

とりあえず皆、席につくと、ママがサントリーオールドの水割りを作り始めた。やはり岐阜のお坊っちゃまは違うな、角ビンより上だ、と宏は思った。宏は今までオールドを飲んだことがない。

(まあ、酒がいいからママは我慢するか)

宏の発声で乾杯を行い、それぞれ酒をあおった。皆の感慨深い気持ちがわかる。目を赤くしている者もいた。

「女の子は来ないの?」

宏がママに聞いた。

「もう裏で着替えているから、待ってて」

出てきた、出てきた、それも四人もだ。

宏と後藤が目を見合わせたあと、「あっ!」と後藤が叫んだ。同時に宏も度肝を抜かれた。四人の中になんと洋子がいるではないか。新宿のディスコで宏が先に好意を持った女だ。

洋子は、宏と後藤の間に座った。

「永田さん、おひさしぶり。亜美とうまくやってるの?」

「それより、後藤と洋子はどうなんだよ」

「もう、とっくに終わったわよ」

宏が後藤を見ると、なんとなくほっとしたような顔をしているように見えた。

宏が後藤をつつき、「本命は今、どうなってるんだ?」と聞くと、

「三ヵ月前に、できちゃったんだよ」

「できたってことは、妊娠……？」

「ついこの前、二人で決めておろした」

後藤はあっさりとした調子でそう言ったが、その顔は死神にでも取り憑かれているような様相だ。

「就職前でお互いに大変な時だから、しょうがないか。でも彼女が可哀想だな、大丈夫か？」

宏が聞くと、「お互いに了承し合って決めたことなんだ。もういい」と後藤が返した。

脇で洋子が水割りを作っているが、その手が震えているのが宏にもわかった。

四

いよいよ明日は、大学の地下講堂にて卒業式が挙行される。

来なくてもいいと言っても聞かない宏の母が、上京することになった。国鉄の特急だと一時間四十分くらいで到着する。

宏は母に、大勢の人がいるから会えないかもしれないと言ってはおいた。

卒業式が終わり、研究室に戻り、小庭教授と大嶋助手に最後の挨拶をした。小庭教授からは「君をうちの会社で受け入れる予定だから、頑張れよ」と言われ、心臓が飛び出しそうになった。

「くわしい就職規定については、事務所の総務担当に聞いてくれ」

と小庭教授が言った時、後藤に、

「おい永田、おまえのお袋さん、一階のホールで待ってるようだぞ」

と声をかけられ、慌てて一階に駆け下りる。

母はベンチに腰かけていた。

「悪かったね、忙しいのに」と宏が言うと、母は「おめでとう。お父さんも喜んでるよ」

と返した。

宏の父は国鉄マンで、今は区長をしている。ワルになった高校の頃からは、父母には随分迷惑をかけた。

「就職は、お父さんが地元の建設会社にお願いしてるようだよ。地元に帰ってきなさいよ」

母の言葉に、宏の頭の中はまた混乱し始めた。

たしかに、地元に帰れば土地もあり、いずれはその場所に自分で設計した家を建てられるだろう。だが亜美のこともあり、小庭事務所内定のこともある。宏は決断を迫られていた。

母を国鉄の新宿駅まで送った。ボックス席の窓側に座った母が微笑んでいる。

「早く帰ってきなさいよ」と窓越しに言われ、宏は「わかった。アパートと身辺が整理できたら、一度帰るよ」と返した。

特急電車は出ていった。電車が見えなくなるまで、宏はずっとホームに立ち尽くしていた。頬を伝うしずくが止まらなかった。

とりあえず明日、小庭事務所の総務担当に会って、就職の条件を聞こう。今日はいろいろあって疲れたが、それでも研究室に戻らなければ皆と最後の別れができない、と西口の広場を出て、重い足取りで校舎に戻る。

研究室に着くと、室内禁酒のはずだが、皆で祝杯を交わしていた。

「おお、戻ってきたか。まあ一杯やろうぜ」

後藤が宏にグラスを渡し、ウイスキーをそそぐ。

「オールドパーじゃないか、すげえな」

「小庭教授が持ってきてくれたんだよ」

「教授、いただきます」と宏は杯を上げた。

この場で小庭教授が言った言葉を、宏はこの先ずっと覚えていることになる。

「君たちが、社会に出ても通用するように、仕事の段取りに適した研究をしてもらった。物事を追究できる能力もついたはずだ。悩んだ時は原点に戻れ。失敗が許されない時もあるが、論文を苦労して仕上げたことを忘れるな。最高の仲間だ。ありがとう」


小庭事務所は、池袋の東口から五分ほどのところにあり、オフィスビルの四階ワンフロアーを全て借りている。宏は総務部長の桑原を訪ねた。

「小庭社長から聞いております。まあ、お座りください」

通されたのは、パーテーションで区切られた応接室だった。

コーヒーが運ばれてきた。持ってきたのは、すらっとした、年の頃だと二十七歳くらいの、目鼻立ちがしっかりしている美人、というより才女に見えた。

宏は朝、アパートを出る前にコーヒーを飲み損ねていたので、一口目はうまかった。

「すでに聞いていると思いますが、当社は都市計画事務所といっても、一般建築物の設計監理もやっています。したがって、一級建築士の資格を取得するまでは見習いですので、給料は総額で十万円です。よろしいですか？」

桑原にそう言われ、宏は頭の中で生活費を計算し始めた。アパート代、通勤交通費、食事代……これじゃあ何も残らない。

「……すみませんが、返事は一週間待ってもらってもよろしいですか？」

「まあ、よく考えて結論を出してください。教授の手前もありますから」

外へ出ると、くしゃみが止まらなくなった。もう春だ。花粉症の季節だと思うと、宏は余計うんざりしてきた。

あとは、ユキと亜美だ。ユキとは肉体関係があるが、カウンターバーの女《ひと》なので、それなりに説明をすればわかってくれて、手離れも苦労しないはずだ。問題は、亜美だ。宏が卒業を迎え、焦っているようだ。

とりあえず今夜はユキを片付けようと思った。

少し時間は早いが、新宿に出て、青梅街道から新宿通りに向かい、ガード下をくぐりドアを開ける。まだユキは出勤していなかった。

他のカウンターで飲んでいると、後ろから突然、目を塞がれた。ユキの匂いがする。

「卒業、おめでとう」

ユキにそう言われても、宏にとっては本当にめでたいのか考え込んでしまう。

ユキはいつものように横に座った。

「寂しくなるね」

「どうして?」

「だって、地元に帰るんでしょう?」

「それはまだわからない」

「わからないはずないでしょ。もう三月中旬になるのよ。就職先くらい決まってるでしょ」

「それが問題なんだよ……」

ユキの体が近づいてくる。客はまだ少ないようだ。

宏はユキの体を思い切り抱きしめる。そして、久しぶりのキス。下部の方も元気になってきてしまった。

しかし、今夜はまずい。小庭事務所と亜美と地元リターンの三つに、どうにか答を出さなければならない。それも、解答は一つしかない。ユキはどうにか捌ける。

三択で考えると、小庭事務所に勤めてもユキとは会える。亜美と結婚しても、目を盗んでユキとは会える。問題は、地元の建設会社に就職した場合だ。

ユキに滅多に会いには来られないだろう。そうなると、ユキも別の男をゲットするに違いない……。もうユキのことは、ひとまず棚の上に置いておこう、と宏は決めた。

ほどほどに飲んだので、今夜は自分のアパートに帰ることにした。

西武新宿駅へ行くまでの途中には、ラブホテルが群れている。禿のおっさんが若い女と手をつないで入っていった。どういう関係だろう？　と考えていると、今度は若いカップルが入っていく。宏は寂しくなった。

いずれ、亜美とユキの両方を手放すような気がしてきた。

西武新宿線の電車に乗ることもなくなるかもしれない。

下井草駅に降りると、少しお腹がすいてきた。行きつけの蕎麦屋に寄ってかけ蕎麦を食べ、アパートに帰りポストの中を確認すると、白い封筒が入っていた。

切手も貼っていなければ、表も裏も何も書いていない。それを持って二階に上がり、部屋に入って電気をつける。室内には中古のテレビ、洋服入れ、机と椅子、ドラフター、それと唯一自慢できるオーディオセットがある。これらは全て秋葉原で揃えた。

引っ越しするのもたいしたことはないな、となぜか宏はふと思った。

椅子に座って白い封筒を開け、中の便箋を出す。亜美からの手紙だった。

「卒業おめでとうございます。明日の午後六時、西武新宿線の新宿駅の改札を出たところで待っています」とだけの走り書きだった。

宏は手紙を読んでからしばらく考えた。このまま亜美とずるずるしている訳にはいかないな……。

思案に暮れているとドアがノックされ、「はい」と言って開けると、アパートの大家さんだった。

「永田さん、実家のお母さんから、電話をくださいと先ほど連絡がありましたよ。うちの電話を使っていいから、早くしてあげなさいよ」

宏は大家さんの言葉に甘えることにした。

母の用事は、「三月二十日、午前十時から、佐伯建設の本社で筆記試験、午後一時半からは面接」とのことだった。思案に暮れていた宏の頭の血液がサアーッと引いていき、顔が冷ややかに感じた。

（いよいよ、来るとこまで来たか……。小庭事務所は、教授には悪いが、就職を断わることにしよう。いかんせん、あの給料では東京で暮らしていけない）

あと、残る問題は二つだ。宏は酒をもう少し飲まずにはいられなくなった。

キッチンからブラック&ホワイトとコップを出して、ストレートで飲んだ。胃の隅々まで染み渡る。

（明日、亜美はどうするつもりだろう……？　家に来て、と言うのだろうか。家に行ったら、亜美と結婚して工務店を継がなくてはいけなくなる。……ああ、今夜はもう寝よう）

宏は布団をかぶり、涙の筋を作りながら、いつの間にか寝息を立てていた。

翌朝十時頃、目を覚ます。夕べはあまりいい酒ではなかった。頭痛がする。セブンスターを一本出し、火をつける。肺にいっぱい吸い込んで煙を吐く。だんだん目が覚めてきた。今日の予定を頭の中で整理する。

午前中、池袋の小庭事務所へ行き、総務部長の桑原に会って、入社は丁重にお断りをする。そのあと午後六時、西武新宿駅の改札口に行くまでには時間があるので、時間つぶしに後藤を呼んで意見を聞こう。まあ、あまり期待はしていないが。

支度をして池袋の小庭事務所へ向かい、総務部長の桑原に会ってこちらの意向を伝えると、「本当に残念だな」と興味のない言葉で返された。

ともかく、これで三つのうち、一つが終わった。

後藤とは午後二時に、大学の頃から行きつけのコーヒーショップで待ち合わせをした。宏は先に入ってブルーマウンテンを頼み、口を付けたところに後藤が入ってきた。手を上げてこちらに招いた。後藤はキリマンジャロを頼んだ。

「永田とここで会うのも最後かな」と後藤が言う。宏はそんなことはどちらでもよかった。それより後藤の就職の件を聞くと、大学の先輩が経営している建設会社に決まったと言った。

「それは良かったな」

「永田は決めたのか?」

「まだ正直、迷ってる」

「亜美の家を継いでやれよ」

「後藤、それ洋子に頼まれたのか？」

「まあ、それもあるけど、亜美はおまえのこと、本当に頼りにしてるようだぞ」

「俺の人生だ、最後は自分で決める。実は今日、あとで亜美と会うことになってる」

「それじゃあ、決めてやれよ。いずれは工務店の社長じゃないか」

「まあそうだけど、それから先、俺の人生、面白くないじゃないか。たとえ社名を永田工務店に変えるにしろ、俺の会社とは思えないね」

「亜美のこと考えれば、しょうがないんじゃないの？」

「まあ、今夜、結論を出すよ。実家の父母も心配してるからな」

お互いに言いたいことを言ったが、社会に出るとなかなか会えなくなることもわかっているので、固い握手をして別れた。

時計を見ると午後三時半を指していた。まだ時間がある。

久しぶりに紀伊國屋書店で時間を潰すことにした。今となれば懐かしい場所だ。卒業論文の調査場所にもなってもらった。

エスカレーターで二階へ上り、書籍を流し読みする。一冊気に入った小説があったので購入した。

東口のロータリーの石に腰かけ、亜美が来るまでの間、買った小説を読む。

午後五時半になったので、待ち合わせの西武新宿駅改札口まで行こうと歩き始めた時、向こうからユキがやってくるのが見えた。

(なんで、ここで、あなたなの……?)

ユキはまだ宏に気がつかないまま、こちらに向かって歩いてくる。

やがて宏に気づくと、小走りで近づいてきた。

宏はユキを抱きしめた。

「嬉しい、もう会えないと思ってた」

ユキがそう言いながら唇を近づけてきた。人通りの多い中、大胆にも二人は時間が止まったようにキスをする。ユキは涙を流していた。勘弁してくれ……と宏は思いながら、

「ユキ、これが本当の最後だぞ。今までいろいろありがとう」

と言ってユキの体を離し、亜美の待つ改札口に急いだ。

西武新宿駅の改札口に着くと、亜美はすでに来ていて、壁に寄りかかって何か考え事でもしているように見えた。

宏はビックリさせるつもりで急に近寄り、ホッペにキスをした。

「もうっ、痴漢だと思った」

「痴漢なら、ここも触ってくよ」と、宏は亜美の胸を軽く叩く。

これからどこへ行こうかと宏は考えた。行く場所くらい先に決めておけばよかった。

亜美に「王城」でいいかと聞いてみると、「宏さんの好きなところでいいよ」と返してきた。

「王城」はここから歩いて十分ほどの、歌舞伎町の外れの地下一階にある、だだっ広いカウンターバーだ。後藤とたまに来ていた。長いカウンターにコンパニオンが三人ずつ、それが十セットくらいある。

宏は亜美を連れ、いつもの彼女がいるカウンターの席に座った。名前は悠紀子と言う。宏は悠紀子とは深い仲にはなっていない。帰る時にキスをするくらいだ。

「亜美は何を飲む？」

「角のロックをもらおうかしら」

「水割りじゃなくていいの？」

「いいじゃない。たまには酔わしてよ」

今夜は少しやけになっているようだ。いつもの亜美と違う。

つまみと腹のたしになるものも適当に注文すると、悠紀子が注文のメモを取りながら、

「お二人さん、今夜は顔が怖いよ。何かあったの？」

と、宏にとっては余計なことを言ってきた。

亜美が、小庭研究室の打ち上げや卒業式の様子などを聞いてくるので、宏はそれなりに

話をした。話がひと段落したところで、

「亜美、それはそうと、後藤のやつ、就職決まったようだぞ」

と、他人事のように宏が言うと、亜美は「あなたはどうしてくれるのよ」とでも言いたそうな目で宏を見た。壁にかかった時計を見ると、もう午後九時を指している。

宏は思うところがあり、今夜はあまり酒を飲んでいない。

「今夜は家まで送っていくよ」

宏がそう言うと、亜美は「じゃあ、うちに上がっていってよ」と嬉しそうな顔をした。

宏は生返事をするだけだった。

二人は「王城」を出て西武新宿駅へと向かう。手をつないでラブホテル街を通りかかると、呼び込みのお兄さんたちが立っていた。

「そこのカップルさん、休んでいったらどうですか」

と誘いをかけられる。亜美は宏の顔を覗き込んでいるが、宏は前を向いて亜美の手を引く。駅に着くと宏は、今日一日の疲れがどっと出た気がした。

亜美の家は宏の住む下井草より先だが、急行が止まるので所要時間はさほど変わらない。二人で電車の座席に座ると、亜美は宏の肩に顔を寄せて目を瞑った。そこで宏は亜美の唇に軽くキスをする。そのあとは電車の揺れに任せて、二人とも寝入ってしまった。

下車駅のアナウンスで二人とも目を覚まし、お互いの腰に手を回して電車を降りる。改札口を出て、言葉を交わすこともなく亜美の家に向かって歩いた。

少しすると、二人の歩みが止まった。ラブホテルの前だった。

長く付き合っていると、相手が何を思っているのかわかるのだろう。二人は無言のままにホテルに入っていった。

シャワーでお互いの体を洗う。先に出た宏はバスタオルで体を拭き、腰にそれを巻いてベッドに腰かけ、セブンスターを吸い始めた。なんとなく、久しぶりにショートホープが吸いたい気分だった。

吸い終わると同時に、バスタオルを巻いた亜美が隣に座ってキスをしてきた。そのまま二人ともベッドに横たわる。

亜美が言う。

「今夜は、コンドームしないで、お願い」

(これはまずい。今夜が最後だとお互いに思ってる。でも、もしも亜美がこれで妊娠でもしたら、結婚を迫られてしまう……)

宏がそんなことを考えていると、勃起していた陰部がお役目を果たさなくなってしまった。

(やっぱり、佐伯建設に決めよう。入社試験の結果がどうであれ、親父と親しい県会議員の紹介だから、間違っても不採用はない。亜美には悪いが、工務店を継いでくれる者は他に見つけてもらうしかない。本当に、ごめんなさい……）

「やっぱり、実家に帰るのね……。でも私、待ってるかもしれない。建設会社で腕を磨いてからでも遅くないから」

亜美は宏と付き合い始めてから、凄く綺麗になった。宏は言葉を見つけ出せず、亜美を強く抱きしめた。

外に出ると、憂いの春の夜そのものだった。

二人は向かい合い、最後の握手をする。涙が止まらない。

無言のまま背を向けて反対方向に歩いてゆく。決して、振り向かず。

三月十九日、午前九時、宏は国鉄新宿駅発の特急に乗った。

イルカの「なごり雪」を小声で歌う。

（亜美、一年半の間、本当にありがとう……）

五

永田は今日もシャリィに乗って女子短期大学の現場に向かっている。髪もサッパリ切って社会人らしくなってきた。

新入社員は朝七時半前には現場事務所に着いて、事務所の掃除をしなくてはいけないのだが、嫌味なのか、年をとって目覚めが早いのか、建築部の松永所長と土木部の込山所長は、もうすでにデスクで各々新聞を読んでいる。

「おはようございます」と永田が挨拶すると、松永は「おお」だけ、込山は「おはよう」と返す。たぶん、永田の直属の所長は松永なので、挨拶言葉の違いが出ているのだろう。

そこへ同じく新入社員の建築部の野上と、土木部主任の黒木が入ってきた。掃除が終わる頃、建築部の副所長、島崎が入ってくる。大体毎日、島崎が最後の出勤者だ。

どうも、松永と島崎は現場が終わると帰りに居酒屋で一杯やっていくことが多いようだ。

朝のミーティングが終わると、各自担当の作業に入る。建築現場は杭工事が終わり、基礎の墨だし作業に移っている。永田の今日の作業は、常用社員の森田と一緒に、その基礎の墨だしをやることとなっている。

墨だしは、施工図をコンクリートや型枠に墨で描くことである。したがって施工図を読めないと墨だしはできない。

基準点にトランシット（通りと角度と距離を測る測量機）のセンターを合わせるのだが、水平を調整しながらなのでなかなか合わない。そもそも大学の建築学科で都市計画専攻だった人間が、こんな機械を操作するのは容易なことではない。理屈は理解できるのだが。鉄筋工、型枠工の職人はたいしたものだ。施工図を現場で立体化してしまうのだから、と永田は思った。

昼休みになると、母が作ってくれた弁当を休憩室で食べる。休憩室は畳敷きとなっている。今日の弁当のおかずもまた、ハンバーグ、目玉焼き、ウインナーの定番だ。永田はこれらが一番好物なのだ。しかし毎日同じものでは、体にとっては良くはないだろう。たまには違う物を入れてください、お母さん、と永田は心の中で呟いた。

昼食が終わると、何があっても畳の上で昼寝をする。現場に出て体を動かすことが多いので、疲れるのだ。だから昼寝をしないと体がもたない。工事工程が遅れているため、土曜日も日曜日もほとんど仕事なのだ。また当時は、職人のペースに合わせて仕事をしなければならないのが普通でもあった。しかも、雨が降って外の仕事ができない時は外仕事の職人は休みだが、永田たちは施工図に追われて休めない。

永田も入社して三、四ヵ月すると、ようやく施工図の描き方、詳細部分の表し方が少しわかるようになってきた。先輩たちはそういうことを決して教えてはくれない。先輩の描いた施工図と設計図を睨めっこして覚えるのだ。「仕事は盗んで覚える」と、当時の先輩たちは言っていた。

現場状況は、土木部の切土部分の擁壁工事がほぼ終盤に差しかかっている。建築部の方は、ようやく一階のコンクリート打設が近づいてきたが、型枠工事が遅れている。永田はさすがに疲労が溜まっていた。

その日、松永が新入社員の永田と野上を事務所に呼んで言った。

「型枠工事が遅れている。このままだと三日先の一階コンクリート打設に間に合わない。大工に手を貸してやってくれ」

永田と野上は仕方なく大工の親方の大沢のところに行き、何を手伝えばいいのか聞く。

「パイプとサポートを運んでくれ」

そう言われ、一階コンクリート打設の前日の午後十一時半までやらされた。

永田は、俺はこんなことをやるために大学に行ったのか？　違う！　と思い、副所長の島崎に言った。

「こんなことをやらされるなら、考えさせてもらいます」

「東京の大手ゼネコンとは違う。地方の建設会社だからしょうがないんだよ」

「だったら、大工の親方に人数を増やすように言えばいいじゃないですか」

「まあ、ずうっとではないから我慢してやってくれ」

永田はポケットからセブンスターを出し、吸った煙を島崎の顔に向かって吐き、無言で建物の中へ入っていった。

大工の手伝いをしながら、一階コンクリート打設前日までに、永田にはもう一つ課題があった。施工図から今回打設するコンクリートの数量を計算して、ボリュームをつかむことだ。

しかし、ここで永田はふと考えた。工事を請け負う前には当然、積算を行い、工事内訳書の作成をして、クライアントと工事金額の合意を経て契約となる。したがって、コンクリートだって各階毎の数量はそこに書かれているはずなのだ。

不満を抱きながら、仕方なく施工図を見て計算をする。

(ああ、終わった……)

あとは合計するだけだ。答は、四百二十立米と出た。ボリュームの多さにびっくりした。コンクリートを圧送するポンプ車は、新型のジャンボポンプ車を島崎が段取りしているらしいが、校舎は高台に建設しているので、コンクリート打設条件が非常に悪い。永田の計算では、コンクリート打設には十六時間かかる。

悩んでいると、島崎が事務所に上がってきた。

「永田君、どうですか、コンクリート数量、出ましたか?」

「上がりました、この数量です。これだけあると二日に分けて打設しないと無理でしょう」

島崎がニヤニヤしている。近くにいる所長の松永も同様だ。

「何かおかしいですか？」

と永田が問うと、

「俺たちも二日に分けて打設計画を立てたが、佐伯会長に拒否された」

佐伯会長といえば、満州で土木の技術者として活躍し、日本に戻って東京で佐伯建設を立ち上げた人だ。下水道工事や橋梁工事を主力とし、全国を股にかけて仕事をしていたという。それ故に、支店を全国の主要都市に構えていた。とくに下水道工事では、現在のシールド工法の先駆けとなった先端羽先振動式工法とでもいうのか、永田はよく知らないが特許工法で業績を上げていったらしい。その佐伯が現在会長で、社長は娘が継いでいる。

佐伯会長が拒否しているという理由を永田は考えた。

たぶん、コンクリート構造体が一体化しづらいということ、あとはラーメン方向の中間柱をなくして大空間を設けるためにＰＣ梁を採用していることが大きな要因だろうと、新入社員ながら思いついた。

それが合っているかどうかは別にして、朝の七時から打設しても夜の十時までは最低かかる。住民対策、学校対策等は前もって松永と島崎が行っていたようだが、それにしてもタフなコンクリート打設だ。

コンクリート打設の翌朝、永田は朝六時に現場にいた。一階コンクリート打設の翌日は、一日かけて二階の墨だしをするのが通常だが、工程が遅れているので、二階の柱の鉄筋材料を荷揚げする前に、基準墨と柱型の墨だしは終わってないといけない。

その朝は永田、野上、そして常用社員の森田と林が早出をして作業にかかった。

一段落した頃には、時計は九時を回っていた。鉄筋工はレッカーを使用して柱の材料を揚げている。するとそこへ、現場には滅多に出てこない所長の松永がやってきた。

「おう、ご苦労さん。出来高の精度はどうだ？」

「二から五ミリ程度の誤差です」と永田が返すと、「おお、まあまあだな」と言ったあと、松永は、

「今夜は一献やるから、定時に上がってくれ」

と皆に言った。大仕事の一階のコンクリート打設が終わったから、ご苦労様会をしようということだろうと永田は思った。

定時になると、現場事務所を締め、歩いて街の中心へと向かう。この頃はキャバレーが流行っており、「ハワイ〇号店」などという店もあった。

料理屋で腹を満たしたあと、松永がそのキャバレーに足を向けたので、副所長の島崎、永田、野上、そして常用社員の森田と林があとに続く。

松永が店のドアを開けると、いらっしゃいませ、と女の声がした。

テーブルに二人用の椅子がセットになった席が、全てサービスカウンターの方向を向いて並んでいる。松永が「ミキちゃんいる?」と男の店員に言うと、男はマイクで「ミキちゃん、ミキちゃん、三番テーブルにお願いします」と低い声でアナウンスした。

店内は薄暗くしてあり、人の顔は近づかないとよくわからない。永田は男の店員に指名を聞かれたが、初めて来た店なのでわかるわけがない。

「年の頃は二十四から二十七くらいで、ポッチャリタイプがいいんだけど」

と注文を付けると、店員はわかりましたと言い、「良子さん、良子さん、五番テーブルにお願いします」とアナウンスした。

永田が二人用の椅子の奥に座ると、店員がウイスキーと思われるボトルとグラスを二個、そして水と氷のセットをテーブルに置いて言った。

「すぐに良子さん参りますので、少々お待ちください。水割りでよろしいでしょうか」

「いいけど、良子さんっていう女《ひと》、大丈夫でしょうね」

「店のナンバーツーですから、サービスいいですよ」

永田はとりあえず水割りを飲む。予想どおり、ウイスキーは安物の混合酒だった。さすが田舎のキャバレーだ、と思っていると、

「いらっしゃい、ご指名ありがとうございます。良子です、どうぞよろしく」

と、おしぼりをやけに多く持ってきてテーブルに置いた。良子の胸はDカップはあるだ

ろうか、身長は百五十五センチ強くらい、歌手のワタナベマチコに似ている。悪くはないな、と永田は思った。永田は少々年上の女が好みだった。

「あっ、良子さんは何を飲みますか？」

「いただいていいの？」

良子はそう言うと、ライターを上に上げて火をつけ、店員を呼んだ。

「ジンライムちょうだい」

「ジンライムか。学生の頃、金がない時に飲んだなあ」

永田が何気なく言って、すぐに酒が運ばれてくると、「乾杯」と良子がグラスを上げた。

良子の出身地を聞くと、「市内です。今も市内に住んでるわ」と気軽に答えた。

「松永さんは、よくこの店に来るの？」

「週一、二回は島崎さんと一緒に来るわよ」

ほほー、それでたまに島崎さんは朝ギリギリに出勤することがあるのか、と永田は納得した。しかし週一、二回、料理屋とキャバレーに出没するには、かなり金がかかるはずだ。たまに設計事務所を接待しているようだが、交際費でそんなに多くの金額を会社で認めているはずがない。たしか一万円以上は、使用日前日までに伺い届けを提出して、あのうるさい佐伯女社長に了承を得なければならない。したがって、内輪で使うこういう金は、もちろん自腹を切るわけはなく、どこかで工面しているはずだ。

まあ、今夜はとりあえず、永田は良子をどうにかしたかった。

会話が一段落すると、良子が永田の陰部を柔らかなタッチで揉み始めた。

おしぼりをたくさん持ってきたのは、これか……と気がつくと同時に、勃起してきてしまった。良子がズボンのチャックを下ろすと、絶好調の息子が顔を出す。今夜は特別いい顔をしてる、と永田が思っていると、良子は陰部に顔を近づけ、舌で息子を舐めてきた。前戯が終わると、次は口の中に入れてスポスポ吸い始める。

永田は射精するのを我慢していたが、ついにいってしまった。

時計を見ると十一時半を回っていた。テーブルチャージの時間が来たらしい。永田は良子の胸を愛撫しながら聞いた。

「良子さん、何時にはけるの？」

「片付けもあるから、十二時半を過ぎるかな」

「じゃあ、ここを出て右に曲がった角のおにぎり屋さん、知ってる？」

「うん、知ってる」

「そこで待ってるから」

永田はそう言って返事も聞かずに店を出た。

松永をはじめ他の連中も随時出てきたので、ここで解散となった。

明日は日曜日だが、墨だし作業の残りがあるので出勤だ。時期は初夏を感じるようになっていた。

永田は現場に入ってから今まで何日休みを取っただろう。一ヵ月に一日休みが取れたとして、四ヵ月で四、五日しか休んでいない。当時、残業代はカットされていなかったので、永田は役所に就職した仲間よりも給料がかなり良かった。それも銀行振り込みではなく現金支給だった。やはり地方の土建屋だな、と思った。

当時は労働基準監督署が、就業時間に関してはさほどうるさくなかった。だから日当月給の職人たちは、金が欲しくて土、日も働くのだ。したがって、現場を職人任せにはできないので、永田も出勤しなければならなかった。

永田がおにぎり屋の角で立ちん坊していると、小走りに良子がやってきた。

「本当に待っててくれたのね」

時計を見ると午前一時前だ。良子は永田の手を引っ張り、「さあ、帰るわよ」と言った。悪酔いしている永田は、言われるままにタクシーの待機場所まで連れていかれ、車に押し込まれた。続いて良子が乗る。中村町のバス停まで、と良子が言ったが、酔っていて永田はよく聞こえていなかった。

どのくらい乗っていたのか、三、四キロメートルほど走り、永田が小さな寝息を立てていると、良子が、着いたわよと言って永田を引っ張る。

手を引かれ、階段を上がり、アパートの二階の一室に入った。

「もう、起きてよ、お兄さん」

そう言われて永田は服を脱ぎ、裸になってベッドに横たわった。良子も服を脱いで横たわり、永田にキスをする。

こうなったら眠い目を開けてやるしかない、と思い良子を抱く。ゆっくり愛撫してから陰部に口を付けると、「ああ、気持ちいい……」と良子が言った。

それからは記憶が薄れたが、挿入をして果てたはずだ。そしてぐっすり寝てしまった。

はっとして目が覚め、時計を見ると朝の六時だ。

(俺はどこにいるんだ……?)

昨夜を徐々に思い出した。横に女がいる。背中に蝶の入れ墨が見える。

まいったな……と永田が頭の中を整理していると、目覚めた良子がまた求めてきた。若い永田の陰部は戦闘モードに入っている。良子もすでに濡れている。永田が腰を振ると喘ぎ声が凄い。お隣さんは大丈夫かな、と心配したが、永田も最高点まで達した。良子は、良かったわと言って下から締め付ける。

「もう行かないと。バス停は近くにある?」

「大通りに出るとあるわよ」

永田が服を着て、「じゃあまたね」と言うと、「ここにはもう絶対、来たら駄目よ」と良子が言った。たぶん、野郎がいるのだろう。それも遊び人なのだろう。

永田は外へ出て大通りに着いて驚いた。永田の家まで歩いて五分くらいの場所だった。これは、まずい。知り合いとバッティングするかもしれない。慌てて良子のアパートに戻り、タクシーを呼んでもらった。

現場事務所に着いたら八時を回っていた。

「遅くなってすみません」

すると島崎が「今日は日曜日だから、まあいい」と言いながら、永田の首あたりをじっと見ている。

「おい、永田君、首にキスマークが付いてるぞ。さては……」

たしかに永田は焦っていて、良子のアパートを出る前に鏡を覗いてこなかった。事務所の手洗い場の鏡を見ると、クッキリと茶色のキスマークが付いていていた。

「まあ、そんなところです」と島崎に言い、現場へと飛び出していった。

良子、いい女だったな……と永田は思っていた。

野上、森田、林にはバレないように首にタオルを巻いた。季節はそろそろ初夏で、ちょうど今日は暑くなりそうなので言い訳になった。

午後三時過ぎに墨だし作業が終わると、夕べと明け方の行為で永田はどっと疲れが噴き出した。

所長の松永は、日曜、祭日は必ず休みである。

「今日は日曜日だし、これで終わりにしましょう」と島崎が言い、助かった、と永田は直帰した。

翌日、現場事務所に上がると、所長の松永と副所長の島崎が、やけにしょげた顔をして、寄り添って何か小声で話をしている。永田が朝の挨拶をして、「何かあったんですか？」と聞くと、島崎はそれには答えず、「現場を巡回してきてくれ」と返すので、安全靴を履く。もう慣れたので紐の装着も早くなった。慣れというものはたいしたものだ、自分なりに板についたなと永田は思った。

外に出ると、建築部野上と土木部黒木が冴えない顔をして誰かを待っているようだ。「どうしたの？」と永田が聞くと、野上が学校に呼び出されたようなことを言っている。実は夕べキャバレーのあと、街で野上と黒木が偶然出会い、もう一軒スナックに寄って酒を酌み交わした。遅くなったので二人とも家に帰らず、現場事務所に泊まろうということになった。そのまま素直に事務所で寝ればよかったのに、酒の勢いで、現場事務所の上の方にある女子寮近くまで行って涼んでいた。そのため、不審者がいるという通報が警備会社に入り、野上と黒木が事情聴収されたのだった。

結局、所長の松永、副所長の島崎、それと野上と黒木の四人が学校に行って頭を下げてきたという。

まあ、女子寮へ侵入しなかっただけよかったが、野上も黒木も陰部が興奮してきたのならトルコ風呂にでも行けばよかったのに、と永田は思った。

永田は、学生の頃から素人の女とは遠慮していた。何かあると話が大きくなるような気がしていたからだ。ただし、亜美だけは別だった。


九月になると四階のコンクリート打設があり、一、二階は型枠が取れて、いよいよ仕上げ工事に入っていく工程となり、繁忙期に突入した。仕上げの施工図もほぼ完了してきたので、永田はもっぱら現場に出て、施工と安全管理に没頭する日々が続いた。

遅れた工程もようやく追い付いてきた頃、土木部の工事もほぼ完成となり、あとは外部足場が取り除かれて、正月明けから残工事に入ると思われた。

土木部の所長込山と主任の黒木は、正月まで本社に上がって、他の土木現場に一時回されることになる。建築部の所長松永の音頭取りで、込山と黒木の現場での一次送別会を、駅の北側にあるやきとり屋の二階で行うことになった。その店は永田も松永に連れられて何回か行っている。そこのやきとりは非常に硬いのだが、あとを引く味なのである。

その夜は松永と込山がだいぶ調子よく日本酒を差しつ差されつやっていて、かなり酔いが回っていたようなので、次のキャバレーは年寄り抜きにして島崎、永田、野上、黒木の四人で行くことに決めた。永田が島崎に「いつものところですか?」と聞くと、「違うところがいいのか?」と返ってきたので、永田は慌てて「いつものところでいいです」と言った。

良子がいればいいな、と思いつつ店に入り、店員に「良子さん、出てる?」と聞くと、「この間、辞めましたよ」との返事であった。期待して来たのに、天は二度目を与えてはくれなかった。世の中そう甘いものではないことを、改めて永田は感じたのだった。

十二月に入り、建築の進捗率は八十五パーセントまで追い上げてきた。竣工が来年の三月十日なので、もう工期については大丈夫だろう。

十二月も中旬になった頃、永田が現場に出ていると、松永がマイクで事務所に上がってくるようにと放送してきた。

「何か用事でしょうか?」と永田が事務所のドアを開けて言うと、本社建築部長の原田が椅子に腰かけて何やら話していて、松永が相槌を打っているところだった。松永は本社では建築課長なので、原田に気を遣いながら頭を縦に振っている。

「ああ、永田君、ご苦労さん。ここの現場は先の見通しが立ってきた。そこでお願いがある。東京支店の下水道現場に出向してもらいたい。現場は小金井だ、よろしく頼む」

原田にさらっとそう言われ、永田はムッとした。

「ちょっと待ってください。下水道現場って、土木の現場ですよね。建築で入社して一年も経たないうちに出稼ぎですか」

永田が嫌味を言うと、

「しょうがないんだよなあ、土木部に言われると」

と、原田がフクロウのような顔になった。

この原田という部長は大阪の設計事務所にいたのだが、やはり長男で実家に帰ってこなければならない口で、佐伯建設に入社してすぐにコネで建築部長の座を取った。高卒から叩き上げで課長になった松永は当然、面白くない。でも永田は、松永の能力はたいしたことはないと日頃から感じていたので、それもしょうがないだろうと思っていた。

のちにわかることだが、原田も頭の中はたいしたことはなく、金遣いが派手だった。永田は、どうして上の連中はそんなに金回りがいいのか、なんとなくわかっていた。

下請け業者との癒着を、永田は考えずにいられなかった。

六

この頃の佐伯建設は、本社、東京支店、長野支店の土木部は非常に仕事量が多かった。もっとも佐伯建設自体が土木工事で育ってきた会社なので、建築部はいわば後発メーカーなのだ。賃金体系にしても、土木部が十だとすると建築部は六がいいところだ。それだけ建築の営業が非常に弱かったのである。

永田は東京への出向は腑に落ちなかったが、入社して一年も経たないうちに会社を辞めても、大学時代に後戻りすることも当然できず、ならば前に進むしかないのだと自分で自分を説得した。

小金井の現場に行くと、本社の土木部からも二人出向してきていた。今時、それも東京で借地をして飯場をはっているのだ。真冬の時期であり、事務所の横のねぐらは隙間風が凄く、給料をもらうのも大変だとつくづく永田は思った。

ここの所長は森という福島出身の男で、東京支店勤務の土木課長だという。まだ前の現場の残務整理をしているとのことで、所長のデスクはあるが今は空の状態だ。したがって仕事の段取り、手配は、本社土木部から出向して来たうちの一人、深沢が行っていた。

現場は開削の下水道ヒューム管布設である。したがって、基準点から必要な箇所へベンチマークを測量してペンディングするのが最初の仕事となる。

約一週間をかけて測量を行った。これで道路の開削をしてヒューム管布設を行う。

永田の仕事自体は毎日同じことの繰り返しだ。まずバックフォーで一日の作業分の開削を行う。その時点でレベル測量を行う。レベルが確認できたら、今度は通りを測量してヒューム管をセットしていく。この繰り返しなので楽な仕事だ。

それに比べ、建築の現場は日々多くの工種をラップして施工していくので、頭の中を常に回転させなければいけない。土木工事の現場管理は楽だなあ、と永田は思った。これで土木部の賃金が建築部よりいいのが理解できない。

ただ、まいったのは、飯場なので朝飯がほとんど抜きなことだ。昼食は外注の弁当、夕食は出前を頼む日々が続いた。母のハンバーグ、目玉焼き、ウインナー弁当が恋しくなった。

この現場の連中は、夜、酒と女を求めて出かけることは皆無だった。皆、出向してきているから、食費だけでも馬鹿にならないからだ。

永田も夜出かける気にはならなかったが、小金井から西武新宿線沿いの亜美の家まではそれほど時間はかからない。しかし、今になって連絡を取るわけにはいかない。男は勝手だな、と永田は自分のことながら思った。

下水道の開削工事が順調に進みだした頃、所長の森が現場事務所に常駐することになった。前の現場の残務整理が終わったのだろう。土木部の仕事はほとんど公共工事であるから、完成書類の作成も大変なのだろうと永田は思った。

ある日、森が永田を呼んだ。

「永田君も土木に慣れてきたようだから、一つ頼みがある。別の下水道現場で推進工法の立坑ができて、いよいよ管を推す段取りに入っているから、測量を手伝いに行ってくれないか。場所はすぐ近くの府中だ。よろしく頼む」

永田はまたしても思った。俺は建築をやりに佐伯建設に入ったのだ。これでは便利屋と変わらない。

しかし、仕方がない。小金井の飯場から府中まで通うことにした。

初めて府中の現場事務所に行き、「本社建築部の永田です」と、ここの所長の有田に挨拶した。有田はデスクで読んでいたスポーツ新聞を顎の下まで下ろし、「おお、よく来てくれた。よろしく頼む」と機嫌よく言った。

よろしく頼む、はいいけれど、立坑に行って現場説明をしてくれないとわからない。永田はそばにある椅子に座って、有田に言った。

「現場で説明をお願いします」

「そう慌てなくていい。今日はヒューム管の搬入と荷卸しの作業を朝からやっているので、測量は午後からになる。そこに設計図があるから眺めといてくれ」

　たしかこの辺りの地層は関東ローム層だ、と永田は思い巡らせた。この地層だと一日三本くらいヒューム管を進めることは可能だ。推進工法とは、発進立坑から到達立坑まで、ヒューム管の先端に刃先を付けてジャッキで推しながら、ヒューム管の中でトロッコに掘削した土を乗せて発進立坑まで引き出し、残土処分をしていく工法だ。

　永田は、昼食の日替わり弁当を食べてから、発進立坑に向かった。立坑の中に入れば、測量作業は開削と同じ要領なので苦にはならなかった。

　測量作業をしていると、「永田君、ご苦労さん」と上の方で声がした。作業を止めて上を向くと、東京支店長の岡がニコニコしている。それはそうだろう、建築部の将来のエースとなる永田が手伝いに来ているのだから。

　その翌日、所長の有田が永田に言った。

「今夜は七時から支店全体会議がある。永田君も出席してくれ。酒が出るのでタクシーで行く。場所は近くの小料理屋だ」

　現場から上がってきた永田と、事務所にいた有田は、タクシーが来たので目的の小料理屋に向かった。十分くらい走ると目的地に着いた。

　タクシーを降りて店の看板を見ると「割烹　小春」と書いてある。永田にもそろそろ春が来てもらいたいものだ。しかし今の状態は、春どころか真冬の気持ちだった。早く本社の建築現場に戻りたい。

店に入ると、東京支店長の岡が上座に座っていた。他の現場員も十人ほどが席に着いて雑談をしている。永田が下座に座り、周りを気にして見ていると、岡が言った。

「皆、ご苦労さん。これから支店全体会議を始めます。まずは現場報告を、森から順次行ってくれ」

一通り現場報告が終わると、「永田君、立ってくれないか」と岡に促された。永田は言われるままに起立する。

「永田君は、本社建築部に所属しているが、無理を言って東京支店に来てもらっている。いずれ東京支店勤務になってくれればいいのですが」

（おいおい、冗談じゃないぞ。早く本社の建築部が忙しくなってもらわなきゃ、俺は戻れない。営業部の皆さん、頼りないけど頼みますよ）

永田は皆に向かってお辞儀をしながら内心でそう呟いた。


結局、永田が本社に戻れたのは、初夏の頃であった。市立小学校の教室棟が受注できたとのことで、本社建築部の原田部長が永田を席に呼んだ。

「現場所長は島崎君だ。よろしく頼む」

あとでわかったことだが、永田を本社建築部に戻すか、東京支店勤務にするか、原田部長と東京支店の岡とでかなり引っ張り合いをしたようで、そこで佐伯社長が英断したとのことだった。

もし東京支店勤務になっていたら、土木の仕事をやれということになるので、永田はそこでたぶん佐伯建設とはおさらばしただろう。

島崎とは前の女子短期大学の新校舎建設現場で一緒だったので、性格はわかっている。

現場事務所に行くと、島崎が、

「永田君、しばらくだったね。東京の土木はどうだった？　またよろしく頼みますよ」

と丁寧に挨拶をしてきた。

「こちらこそ、またよろしくお願いします」

現場は建物の位置出しが終わって、基礎の掘削に入ったところだ。施工図は三階までの躯体図が完成していた。あとは仕上げ施工図を作成すればいいので、永田にはラッキーだった。

基礎のベース床付ができた時点で、設計支持地盤の載荷試験を行う。バックフォーの下に、ジャッキと沈下量を量るゲージを取り付ける。この時代はまだ建築確認申請の構造審査が緩く、基礎の設計支持地盤を決めるのに、周辺の建築物の地盤調査データを参考値として決めていた。現在では設計する建物の内側で最低一箇所のボーリング地質調査をしなければ、支持地盤の決定ができない。

永田が心配していたとおり、設計の支持地盤では地耐力が出なかった。市役所の担当者と島崎が、事務所で難しい顔をして対策を話し合っている。市役所の担当者は、追加工事の予算が今は少ないので、割栗地業で支持地盤まで改良をしようと提案した。

あとでそれを聞いた永田は、島崎に、

「それは絶対NGです。ラップルコンクリートで対応しないと大変なことになりますよ。お金の問題ではありません」

と意見をしたが、島崎は「追加予算が厳しいようだから、しょうがない」と返した。

永田は、施工場所の地下水位が高いので、液状化も心配したのだった。島崎が出たマンモス大学は、こんな基本的なことも講義しなかったのかと思うと恐ろしくなってきた。

この頃の本社建築部の組織体制は、原田部長がヘッドで、その下に課長が三人。その三人の課長の下に、現場担当職員が各五人ずついた。永田は運がいいのか悪いのか、松永課長のグループに入っていた。

現場担当の計十五人は、結婚前の人間がほとんどだった。この地域は〝無尽〟という特定のメンバーによる飲み会のような集まりをすることが多い。中には一ヵ月に三、四本も無尽をやっている者もいた。ごたぶんにもれず、この十五人も一ヵ月に一回、川沿いの蕎麦屋で無尽をやっていた。当時、飲酒運転は事故を起こさなければ「まあ、いいか」の調子で皆、車のハンドルを握っていた。無尽は給料支給日にやると決まっている。皆の給料袋を会社から受けて配分するのは、幹事の仕事である。給料日前には皆〝おけら〟状態なので、この日が待ちどおしい。

建築職員の中には、博打と女好きが多い。永田もその一人だ。

無尽が終わったある夜、永田は当時流行っていたテーブルゲーム機のポーカーにはまった。すっかり熱くなり、ゲーム台のボタンをしきりに叩いた。その日もらった給料の半分以上を吸い込まれた頃、ロイヤルストレートフラッシュのリーチとなった。十ベット賭けているので、入れば十万円になる。心臓がバクバクした。ボタンを叩くのを少々待つ。

それを見ていた島崎、小林、松下が、永田の席に集まった。

「永田、入ったら、女おごりだな」と松下が言う。

永田は一分待ってボタンを叩く。ハートのジャックが入った。

「やった！　お兄さん、両替！」と声を上げると、店員が来て台を確かめ、カギでカウントを落とす。横を向くと松下がピンク電話でどこかにかけている。

「四人、お願いね」と言うのが聞こえた。さてはもう女の手配をしているのか。

「まいったな、多少プラスになっただけなのに。まあ仕方がないか、ロイヤルストレートフラッシが出たお祝いだ」

このままいくと、寝ないで現地から現場直行となりそうだ。時計は午前一時半を指していた。

女は観光ビザで日本に入ってきたらしい。日本語が多少わかるからありがたかった。永田は三人におごった分まで頑張らなければと張り切る。もう、明け方だ。

二回目に入って気持ちが乗ってきたところで、島崎がドアを叩いた。

「もう、あがるぞ」

せっかく二回目の頂点に達しそうだったのに残念だ。シャワーを浴びる時間もなかったので、下着と作業服を着けて外に出た。もう外は明るくなっていて、時計を見ると午前六時過ぎを指していた。家に帰る余裕はやはりない。仕方がない、このまま現場へ行こうと決めた。

小学校の現場に着くと、島崎が少し経ってから到着した。眠い目をこすりながら朝のミーティングを行ったあと、永田は一階の躯体工事の状況を一回りして確認作業をした。

確認作業が終わる頃になって、なんだか陰部の機嫌が悪いのか、痛みと痒みが交互に起こり始めた。この症状はただ事ではないとわかった永田は、仮設便所に直行してズボンのチャックを開け、陰部を出して点検する。

「あっ、真っ赤だ！」

島崎が焦らせるから、シャワーでしっかり洗ってくれればこんなことにはならなかったかもしれない。

（まいったなぁ。今は梅毒、淋病は少なくなったけど、病院に行ってみないとなんとも言えない……）

永田は所長の島崎に、「ちょっと頭が痛いので、病院に行ってきます」と断り、実際は皮膚泌尿器科へ向かった。その病院は東京のゼネコンの下請けで佐伯建設が施工した病院だった。医院長に、どうしましたか？　と聞かれ、今朝の成り行きを話したところ、下半身を全て出すように言われた。医院長は永田の陰部を見るとすぐにベッドに横になるように言い、そこに看護婦が来て、微笑みながら「あなた、もらってきたわね」とでも言いたげな様子で、陰部の毛をそっくりカミソリでさらっていった。

「先生、終わりました。お願いします」

と看護婦が言うと、医院長が永田の尻に無言で注射をした。たぶんペニシリンだろうと永田は思った。

「安い女を買ったな。やるならトルコ風呂の方が安全パイだぞ」

と医院長に言われた。おもしろい医者だ。また陰部で何か起こった時はお願いしようと永田は決めた。

結局、永田は二日間、ペニシリン治療をした。注射の効きは良かった。二回やって、痛み、痒み、それと赤みがサーッと引いていった。

何しろ永田は陰部にコンドームの帽子を被せると、息子が元気をなくしてしまうのだ。

ずっと先までそれは変わらない。というより、年を取ると、それがなお顕著になっていくのである。

小学校新築現場が一階のコンクリート打設を迎える頃、所長の島崎が永田に言った。

「前の短大現場の完成打ち上げ旅行を、松永課長と計画したんだ。一階のコンクリート打設が終わったら、土日を利用して行きたいと思う。金の工面はしてあるから大丈夫だ。メンバーは、松永課長、俺、永田君、あと常用の森田と林の五人だ」

「どこへ行くんですか？」

「岐阜だってさ」

永田は岐阜と聞くと、すぐにトルコ風呂を想像する。今月はポーカーゲームで勝って少し小遣いに余裕があるからなんとかなる。女にかかる金は自腹が当然だ。

旅行当日、小型観光バスに乗って、早くも皆、酒を酌み交わし、良い気分になっていた。途中、陶器の街に寄ったりして観光めぐりもした。

夕方早くホテルに着く。土建屋は大体、旅行といっても夜の宴会とその後の夜遊びが一番の楽しみのようだ。このメンバーも同様である。

大浴場に入り宴会場の大部屋に入ると、料理も揃っていてすでに宴会モードに入っていた。松永課長が島崎に、

「そろそろ、お姉さん方に入ってもらったら」

と言うと、島崎が仲居さんに耳打ちをし、やがて五人のお姉さんが入ってきて、

「よろしゅう、お願いします」

と畳に額を付けて挨拶をした。彼女らが顔を上げた途端、永田は、「まいったな、この中から選べということか？　俺はトルコ風呂に行くつもりだから、四人で適当にやってくださいよ」と心の中で言った。

宴会が一段落する頃には、松永、島崎、森田、林にはしっかりお姉さん方が身を寄せていた。永田に付いたお姉さんには、ノーサンキューと伝えてあるので、なんとか逃げられそうだ。永田は松永課長に耳打ちをして、夜の街へと向かった。

呼び込みのお兄さん方が立っている。現在ではインターネットでお店と女の子を全部リサーチできるので、決め打ちで行けるのだが、当時はもちろんそんなものはない。あまり迷っていても時間が経つだけなので、永田は小遣いと相談してある店に入った。

「いらっしゃいませ、ご指名はございますか？」

男の店員に聞かれたので、好みのタイプを言ってあとは任せた。金を払って十五分ほど待合室でエロ本を見て発射準備をしていると、「お客様どうぞ」と呼ばれた。廊下に出ると、カーテン越しに女の姿が見える。

「ごゆっくりどうぞ」と店員に言われ、永田は女に手を引かれ個室に入る。

「洋美です、よろしくね」

そう言って、まずキスをしてきた。まあまあだな、と永田は感じた。

やはりトルコ風呂は部屋が綺麗で清潔感があって気持ちが落ち着く。病院で剃られた陰部の毛もほぼ生えていてくれたのは、ありがたかった。なにせ病気をもらったあとなので慎重にしなければいけないが、ゴムはNGなので、洋美にお願いしたらOKだった。
一、二回戦が終わり、二人でベッドに横たわる。時間まではあと十五分程度ある。すると洋美が、
「お腹すいた。ねえ、お店を出て右に曲がると桜寿司という店があるから、そこで少し待っててくれない?」

と言った。永田は思う。

(どうして俺は、素人の女《ひと》には縁が薄くて、水商売の女《ひと》には好まれるのかな。ひょっとして、結婚するのも水商売の女《ひと》だったりして……まさか?)

トルコ風呂を出て、洋美に言われたとおり歩いていくと、そこに桜寿司を見つけた。引き戸を開けると、カウンターの向こうでタコが頭にねじり鉢巻きをして、いらっしゃいと声を上げる。店主らしいが本当にタコにそっくりで、永田は笑いをこらえた。

酒を頼み、つまみで一杯やってるうちに洋美が入ってきた。

「お待たせ」と言うと、にぎりを適当に頼んでいる。

「洋美さん、あの店、長いんですか?」

「トルコ嬢なんて、そんなに長くやるもんじゃないわ。あと半年くらいで辞めるつもりよ」

「それからは、どうするの?」

「私、元は美容師なの。神戸に帰って、ゆっくり美容室でもやるわ。さあ、飲みましょ」

差しつ差されつで酒は進み、永田はかなり酔った。時計を見ると午前一時を過ぎている。そろそろホテルに帰ろうかと思っていると、「ねえ、私のアパートに泊まっていかない?」と洋美が誘う。

松永課長以下三人は、それぞれにやってるだろうから、まあいいか。もう一回戦できるかな? と永田は思った。


洋美のアパートで果てたあとは、朝起こされるまで寝入ってしまった。

アパートの窓から長良川がすぐそこに見える。ホテルからは随分離れているようだ。洋美にタクシーを呼んでもらってホテルに向かう。タクシーの中で、洋美とも一夜の恋か……と、もう何人目になるか指を折って数えてみた。

ホテルに帰ると午前七時半を回っていた。部屋のドアを開けると誰もいない。たぶん朝食に行ったのだろう。

朝食場所の大広間に行くと、島崎が手招きをした。

「すみません、遅くなりまして」

と永田が言うと、松永課長がニヤリと笑って言った。

「夕べ、いい思いしたようだな」

皆、朝からビールで酒盛りをしていた。たぶん、四人は夕べ、それぞれお姉さんと一戦交えたのだろう。目がいきいきとしている。

「永田君、夕べはどこに泊まったの？」と島崎が聞く。

「トルコ風呂のお姉さんと、朝まで飲んでました」

松永課長と島崎は、この旅行のために下請け業者からかなりのキックバックをしてもらっていることが、永田には想像できた。これは佐伯建設に対しての背任行為に当たるのではないか。この会社の課長以上は、社長の知らないところで結構やってるんだな、と永田は思った。

七

小学校の現場も仕上げの最終段階を迎えた。永田のもとに、またもや原田部長がやってきた。原田は永田を呼んでこう言う。

「永田君、この現場も先が見えてきた。本社土木部の河川現場に人が足りないので、来週からその現場に行ってくれ」

また土木部のお手伝いか、もう冗談じゃない、と永田は原田に言う。

「新しい建築物件は受注できないんですか。営業が少しだらしなくないですか？」

「今は、我慢するしかない」

しぶしぶと土木部の河川現場に行くと、元木専務土木担当が永田に現場の説明をした。

「永田君、この現場の樋川所長がまだ前の現場の残務整理に追われているので、測量から始めてくれないか」

「専務、私は佐伯建設の建築部に配属されてから、最初から最後まで一つの建築現場にいたことがありません。東京支店の土木部に行かされ、また本社の土木部のお手伝いですからね、考えちゃいますよ」

「永田君、建築屋さんが土木を学ぶことは、決して無意味なことではないですよ。きっと将来役に立つと思いますよ」

この専務もタヌキだ、と永田は思う。噂によると、下請け業者からのキックバックで自宅まで新築したらしい。まったく、佐伯建設はハイエナの巣ではないか。

この頃から永田は、建築部の中でトップクラスに上がっていくにはどうしたらいいのかと真剣に考え始めた。結論は、まず一級建築士の資格を取得することだと思った。ちょうど、大学を出て所定期間の建設実務を経験したので、もう受験資格があるのだ。よし、この土木の手伝いの間に、独学で一級建築士の免許を取得するぞ、と心に誓った。

河川現場である程度の段取りがついた頃、樋川所長が常駐するようになった。この現場の工事は大きく分けて、河床根固め工事と護岸工事である。河川の幅があまり広くないので、締切工は鋼矢板の設計になっていた。したがって、浸水をいかに抑えるかで現場の作業効率が決まる。永田は思った。

（土木は地盤より下の仕事も多いが、建築は上の仕事がほとんどだ。どちらがリスクが多いか考えたが、下の部分は目に見えないことが多いから、土木工事の方がリスクが多いだろう。それに、大きい事故災害となるのも土木だろう）

ただし、土木は段取りがつけば、いつも頭をフル回転させる必要もない。おかげで夜の残業もほとんどなかったので、一級建築士の学科試験の二ヵ月前からは、夜自宅に戻って勉強することができた。基本は大学の頃マスターしていたので、もっぱら問題集の反復練習で十分だった。

八月の初旬、一級建築士の学科試験が行われた。計画、構造、施工、法規の四科目で構成されている。永田は四科目とも悩むことなく、試験時間を余らせて終わった。学科試験は、予定どおり一発で合格だった。

その後、二次試験の設計製図課題が発表され、それに向けて勉強した。ただ設計製図は、まずは所定時間内に描き終えることが一番大切だ。いくら素晴らしい設計計画をしても、要求された図面を全部仕上げられなければ、それでアウトだ。

そこで永田は夜、自宅でウイスキーを飲みながら、製図板とT定規を使って規定時間内に描き上げる練習を五回ほどやった。ＯＫだった。

現在では製図もパソコンですいすい描けるようになっているが、二次試験は今でも、製図板とT定規で行われている。メカニックな時代と、さすがに逆行しているのではないだろうか。

二次試験も永田は順調で、所定時間が残る余裕があり、合格は間違いないだろうと確信した。佐伯建設では永田の他に島崎と米田が受験したが、島崎は一次試験で落ち、米田は二次試験まで合格した。米田は永田の二年先輩だ。

こうして永田は、佐伯建設の中で一番若い一級建築士となった。

ある日、用事があって本社に行くと、そこへ佐伯会長が現れた。娘の佐伯社長は、会長がのこのこ会社に出てくるのが面白くないらしい。それは会長もわかっているのだが、永田のそばに来て、「合格、おめでとう。これからも頑張ってくださいよ」と声をかけてくれた。


河川工事も順調に進んでいた。しかし、永田はいやな予感がしてくる。きっと元木専務か原田部長がまた何か言ってくるに違いない。そう思っていると元木が現場に現れた。

「永田君、いよいよ技術者になったね、おめでとう。実は長野で牛舎とサイロの建築工事を受注した。その現場代理人になってもらいたい。一級建築士を取得してないと、発注側公社の条件に合わないんだよ」

ようやく建築の現場が持てたものの、場所が長野かよ、ついてないね、と永田は思う。

「このことは、原田部長は知ってるんですか？」

「ああ、原田は営業部に配属することにした。まあ、仕事が取れるかどうかは別にしてな」

永田は本社に上がり、初めての現場所長として工事の準備にかかった。

一番の課題は、工事予算が厳しいことだ。まずは、下請け業者の見積りを精査して、金額の協力をしてもらう。そして交渉に交渉を重ね、ギリギリまで金額を絞り込む。それには下請け業者との駆け引きが重要となる。下請け業者のふところを探るようなものだ。

そんなことを本社でやっている間に、いろいろな悪評が耳に入ってきた。原田部長が営業に行ったので建築部の部長席が空き、三人の課長の中から尾田が建築部長となった。尾田は永田とは仕事での付き合いはさほどないが、おっちょこちょいで気が短いらしい。

ある日、尾田が車の運転中、交差点で自転車に乗っていた高校生を引っかけた。尾田は経理部長の渡部に連絡して、佐伯建設担当の保険会社に現場に向かってほしいと頼んだ。ところが、「今、連絡が取れないので、事故扱いで警察に処理してもらっといてください」と言われた。これはおかしい。佐伯建設は、ある保険会社の代理店になっていて、その窓口が渡部経理部長なのだ。渡部は社員たちに、自動車保険の証書をなくしては困るので全て預かっておくと言って安心させておき、保険の更新をせず、社員の給料からはしっかり掛け金の天引きをして、その金を全て、酒、女、博打につぎ込んでいたのだった。

これは尾田が事故を起こしたことで発覚したのだ。保険に入っていた連中が保険会社に確認したところ、全てが期限切れだった。永田もその口だった。せめて期限切れの間の掛け金は戻すようにと、社員たちは佐伯社長にかけ合ったが、「警察に言ってもらっては困る。代理店の窓口は渡部だから、私は知らない」の一点張り。これが会社の社長か、と永田は憤慨した。見栄と体裁と金の亡者ではないか。

この時の被害総額は数百万円だったらしく、渡部は当然、解雇になると思いきや、なんと工務部長に一ランク降格して、会社の裁きはこれで終わり。尾田部長は渡部の胸ぐらをつかみ、顔面めがけて何発もパンチを繰り返した。周りの社員は当然見て見ぬふりだ。

しかし、これはただの背任行為で済まされるのか？　渡辺は刑事事件として罪を償うのが当然だ。それなのに、会社の役員たちが渡部を責めないのは、自分たちもそれに近いことをやっているからだろう。これが佐伯建設の実態か、と永田は思った。ともかく自分の技術を磨こう、と心に決めた。

長野の牛舎とサイロの建築工事も厳冬期に入った。何しろ寒い。

朝は六時半には家を出て、帰ってくるのは早くて夜の九時になる。現場は工程どおり進んでいるのだが、公社発注のため非常に書類が多い。昼は現場回りをしているので、書類はどうしても夜やらなければならない。しかも、予算をかなり削ったので、現場事務所の暖房設備も電気ストーブ一個だけだ。

永田はこの頃、お尻の穴が妙に疼くようになり、時には激痛を感じていた。便をすると血がペーパーに付くこともあった。おそらく痔だろう。しかしここでメスを入れるわけにはいかない。一週間くらい休むことになってしまう。とりあえずこの現場が終わるまでは我慢するしかなかった。

それから一ヵ月後、ようやく牛舎とサイロの引き渡しまでこぎつけた。本社に戻り、一週間の休暇をもらって、父親の紹介の肛門科医院で痔の手術を行った。父親も昔この医院でメスを入れたという。

医者は、だんだん痛みも引いて出血も治まってくるので心配はいらないと言ったが、なかなかそうならず、完全に治癒はしなかった。のちにわかったことだが、永田の担当医は二代目で、腕が良くなかった。現在では、その肛門科医院は皮膚科医院に替わっている。やはり技術がないと駄目なものだ。


その後、永田は技術を認められ、ホテルを二棟、現場所長として仕上げ、実績を積み上げていった。年齢は二十七歳になっていた。

現場を持っている時は、家と現場が通勤経路となり、本社には会議のある時ぐらいしか顔を出さない。この頃になって、給料はようやく銀行振り込みとなっていたが、交通費と仮払金（現場での立替金）は未だに本社の総務部が各現場へ届けていた。

この頃、永田が現場所長として施工していた仕事はホテルの増築で、現場事務所は既存建物の五階にあったため、ホテルのエレベーターは使用せず、外階段を使って事務所を使用させてもらっていた。ある支給日、いつもだと総務の男子が届けてくれるのだが、その日は女の子が五階まで階段を上り、息を弾ませてやってきた。

「ご苦労様です、総務の石井明美と申します。今日は私が届けにまいりました」

「あれ？　外階段を上がってきたの。それは喉が渇いたでしょう」

永田は冷蔵庫から缶コーヒーを出し、座って飲んでいきなよ、と渡す。

「ホテルのエレベーターを使わせてもらおうかとも思いましたが、お客様に失礼だと思いまして。それと、現場関係者の矢印看板が外階段に貼ってあったのを見ましたから」

たいしたものだ、現場の約束事をしっかり心得ている、と永田は感心した。

この日から現場が完成するまで、ずっと明美がお金の運び役となって、一ヵ月に二度現れるようになった。

「なんで男の子に来させないの？　外階段の昇降も楽じゃないのに」

永田がそう聞くと、明美は意外なことを言った。

「なんとなく、永田さんのところに来たくなってしまうの、ふふっ」

永田も最初のうちは明美を気にしていなかったが、支給日になるとなんとなくそわそわしている自分に気づくようになっていた。

明美がまた交通費を届けに来た初夏の頃、二人で現場事務所を下りて、近くの喫茶店に行こうと永田が誘った。

「たまには、おごってやるよ」

四人席に二人で向き合いに座る。

「俺、アイスコーヒー。石井さんは、何にする？」

「私はメロンソーダがいいです」

この店は、永田の母が弁当を作るのを忘れた時に来る店で、結構マスターとは顔なじみになっていた。

永田はまだ明美のことをあまり知らなかったので、いろいろなことを聞いた。その中で、縁とは不思議なものだなあと思ったことがある。それは、明美の出身校が、永田が新入社員として初めて現場に入った女子短期大学だったことだ。彼女は佐伯建設が施工した教室棟も覚えていた。

会社の制服も夏服になっていたので、明美がメロンソーダのストローに口を付けるたびに、彼女の胸がちらちら見えた。二人が立って並ぶと、明美の頭は永田の肩くらいまでしかなく、可愛らしい感じを受けた。

しかしその時は、まさか二人が結婚するとは、誰も思ってはいなかっただろう。


ホテルの増築工事が無事完成してから、永田の人生は騒がしくなっていった。というのも、父母と祖母が永田の年齢を考えて、そろそろ身を固めたらどうだと言い出し、教員だのピアノの先生だのと、次から次へと見合い写真と履歴書をどこからか持ってきては永田に見せるのだ。それに、まだ結婚相手も決まっていないのに、父は線路南の土地に新居を建てればいいと言って、勝手に構想している。このままいけば、父母と祖母に押し切られてしまいそうだった。

（これは早く態度をはっきりさせなければ、やられてしまう）

とりあえず父には、結婚相手は誰とは決めていないが、住む家はいずれ必要になると思うので、自分で家の設計をやるつもりだと言って、父の気持ちをそちらに向けさせた。

永田に与えられた土地は二百三十坪あり、宅地としては広すぎるので、南側五十坪は畑として、残りの百八十坪でゾーニングから手を付け始めた。永田の大学での専攻は都市計画だったので、扱う面積が違いすぎるが、人の動線に関しては共通するものがないわけでもない。

ただし、次の現場にもすぐ入るよう尾田部長に言われていた。現場に入ると、家に帰ってから設計する時間がなかなかなかった。しかし現場には主任クラスの人間がいるので、彼らに現場を任せて、永田は事務所で仕事の合間をぬって自宅の設計を仕上げていった。

家の設計図がほぼ出来上がった頃に、永田はついに行動に出た。

どうしても石井明美のことが気になってしようがないのだ。

ある夜、永田が家に帰ると父母が、

「みんなで相談をしたけど、この女性が宏に一番お似合いじゃないかということになった」

と、また見合い写真と履歴書を見せた。確かにその写真の女性は明美より綺麗だったが、

永田は頭がくらくらしてきた。

「今から確かめたいことがあるから、出かけてくる。結論は帰ってからにしてくれ」

永田はそう言って、二階の自分の部屋に上がり、慣れないスーツに着替えてから車を走らせた。行き先は石井明美の家だ。

大体の場所は聞いていたので、道に迷うこともなく、三十分くらいで目的の駄菓子屋に着いた。明美の家は駄菓子屋の他に宅配便の取り扱いと煙草も販売している。

「ごめんください」

と引き戸を引くと、店の奥が畳敷きの居間兼食事をするところらしく、食卓を囲んで寛いでいたらしい一家が一斉に永田を見た。その表情はまちまちではあったが、場違いな者を見ている感じは共通していた。ただ、明美だけは永田が来るのがわかっていたと言わんばかりの顔をして微笑んでいた。

永田はそれぞれの顔を確認する。明美のお父さんとお母さん、それともう一カップルはたぶんお姉さん夫婦だろうと想像していると、「この人が、永田宏さんです」と明美が家族に紹介した。

「どうぞ、上がってください。狭いところですけど」

と言いながら、明美の姉と思われる人が永田を招く。

「夜分、連絡もしないでお伺いしまして、申し訳ありません。ただ、私にとってはもう時間がないので、明美さんをいただきにまいりました。よろしくお願いします」

永田が頭を下げると、母親が嬉しそうに言った。

「大体わかってたよ。明美の様子を見てると、この頃やけにチャーミングになったもの。親としても嬉しいよ。こちらこそよろしく頼みますよ」

「お母さん、この家は狭いから、ちょっと二人で出かけてきます」

明美がそう言った。確かに階段はあるが、二階建てには見えない。たぶん二階は小屋裏で物置になっているのだろう、と永田は思った。外に出て眺めると、かなり古い家が暗闇の中に見える。決して楽な生活はしていないように感じた。

明美の車に乗って走り出したが、ここら辺は喫茶店もない田舎だ。どこに行くのかと永田が思っていると、とある神社の駐車場で止まった。

「なんでスーツなんか着てきたの？」

明美が運転席から助手席に身を乗り出して聞いた。

「今夜はけじめを付けないといけないと思ってきたから、まさか普段着というわけにはいかないだろう」

「うちに来てもらうのに、そんな気遣いをしなくてもいいのに」

永田は明美の心の中はわかっていたが、今夜、自分の気持ちを固めたかった。

「でも嬉しい。本当に宏さんのお嫁さんになっていいの？　私、料理もうまくできないし、大丈夫かしら」

「とりあえず、マイホームの設計も完了したところだ。明美の希望があれば言ってくれ。仕上げの色なんかは、希望を叶えられると思うよ」

「本当に幸せ。結婚して新居に入れて……。信じていいのね」

「信じるも何も、こうやっておまえをもらいに来たんだから」

明美は涙を流しながら永田の唇に自分の唇を重ねると、陰部に手を伸ばし、愛撫し始めた。永田もこれにはまいった。勃起して今にも破裂しそうだ。

明美はズボンのジッパーを下ろし、永田の陰部を外に出し顔を寄せたと思ったら、それを口にくわえてシュポシュポし始めた。明美は微笑みながら涙を流していた。

「私、幸せ……」と、もう一度、明美が言う。この言葉が全てだ、と永田は思った。

明美を幸せにしてあげないといけない、と思いつつ、ふと亜美の顔が脳裏に浮かんだ。なぜここで亜美が出没するのか、永田にもわからなかった。

(駄目だ。明美と一緒になるということは、社内結婚になる。いい加減な気持ちで事を進めるわけにはいかないんだ)


二人の新居も地鎮祭も終わり、いよいよ工事に入っていった。そして上棟となり、職方と近隣の人々を呼んで盛大に上棟式が行われた。明美もエプロン姿で一生懸命に手伝いをした。その姿を見た永田は胸に熱いものを感じた。

永田と明美の新居の完成は、なんとか結婚式までに間に合うかどうかという状況だった。設計が少し複雑だったのかもしれない。ある日、永田が佐伯建設の工事現場を抜け出して、新居の現場で職人に指示をしていると、永田と明美より年上に見えるカップルが、新居の室内を見せてほしいと言ってきた。

永田が、遠慮なくどうぞ、と家の中に案内して説明をし始めると、

「前から、ここを通るたびに見学したかったんです。できれば設計した人を紹介していただけないでしょうか？」

と言われた。永田は、やはり目についたかと、自分の設計を評価されたのは非常に嬉しかった。

「実は私の設計なんです」

「羨ましいですね。ご自分の家を設計して現実の物にするなんて、できるようでなかなかできないですよね」

「気に入ったところがあれば、どんどん写真を撮ってください。お家の計画の参考にしてもらって構いませんよ」

普通だとそれは盗作となるかもしれないが、わざわざ立ち寄って永田の家を見てくれるだけで悪い気はしなかった。

（俺の設計も捨てたもんじゃない）

やがて、新居も内部の仕上げと庭造りに入っていった。庭造りは親戚の植木屋さんに頼んだが、ある日、祖母が永田の庭の奥に柿木を移植すると言って、実家の畑からリヤカーで木を運んできた。八十歳過ぎのお婆さんが自分のために、と思うと永田の胸に熱いものが込み上げてきた。明美にこの話をすると、

「お婆さんを、大事にしてあげないとね」

と目に涙を浮かべた。永田は、明美も家族の一員となった気がした。

八

一九八五年九月十五日、敬老の日、無事、永田と明美は結婚式の日を迎えた。この頃はまだ仲人をお願いするのが一般的だった。永田も、仲人はこれからの人脈作りに重要な役割を果たすと思い、父と懇意にしている県会議員夫妻にお願いした。披露宴の出席者は約百八十人。永田は披露宴前に出席者の一覧表を見たが、知らない名前がかなりあった。きっと父の関係だろうが、誰の披露宴かわからなくなった。しかし、これもしようがないことなのだろう。

この披露宴の段取りは、永田は現場が忙しいため、ほとんどを明美と父がやった。永田は感謝、感謝で、今でも明美には頭が上がらない。

この頃の現場は町立保育園の新築工事だった。バブル期目前で、建築の職方は繁忙期だった。欧州への新婚旅行前に、永田は基礎の配筋工事がスムーズに施工できるよう段取りをし、鈴木部長に「新婚旅行中はよろしくお願いします」と頼んでいった。

この頃、建築部長だった尾田は、下請け業者との癒着が佐伯社長の耳に入って、松永課長とともに左遷され、リニューアル部を新設されてそこに席を置いていた。ついに二人とも、背任行為があからさまになったのだろう。

しかし、この二人の処分もおかしいと永田は思った。会社の金を下請け業者に回してキックバックさせているのだから、これもまた刑事事件のはずだ。下請け業者も使途不明金で処理するわけにはいかず、たぶん下請け業者社長の仮払金として処理しているのだろうと永田は想像する。つまり、またしても佐伯社長の隠蔽体質があからさまになったということだ。このままでは、現場がいくら会社のために利益を上げたとしても、それを蝕む悪玉がいるかぎり、健全な会社にはならないだろう。


永田が新婚旅行から帰ってきて一番気にかかっていたのが、保育園現場の進捗状況だった。帰国後、休みも取らず翌日現場に着いた途端、唖然としてしまった。何も進んでいないのだ。常用社員の森田に、鉄筋工は一週間何をしていたのかと聞く。すると、「鈴木部長に言っても何もしてくれなかったんです」と言う。

永田はすぐに行動を起こした。鉄筋工の会社に行って社長を呼び出し、理由を聞いた。鉄筋工の社長は、「他の現場が追われていて行けなかった。今日、大体目処がつくので、明日から行ける」と言った。

「うちの鈴木部長は何も言わなかったのか、社長」

「鈴木部長とは付き合いがなかったからねえ。前の尾田部長なら、少しでもなんとかしたけどね」

なるほど、前部長の尾田と、この鉄筋工社長はできてたな、と永田は思った。癒着だらけではないか。

この当時の下請け会社の選定は、担当部長、課長が実行する。金額も実行予算に照らし合わせて決定する仕組みなので、キックバックはどうにでもなるのだろう。本社、支店ともそのにおいがぷんぷんしてくる。この保育園工事にしたって、官公庁工事にはあまり強くないはずの佐伯建設が受注できたのは、裏で何かが仕込まれていたからだろう。それを承知で営業にやらせている佐伯社長自身も、背任行為をしているのと同様ではないか。これが業界用語となっている〝必要悪〟なのか。これなら民間の仕事をガチンコ勝負した方がまともだ、と永田は思ったが、永田は営業ではないので、「そこまで考えるな。現場所長は、良い仕事をして施主に建物を引き渡すのが第一だ。それだけ考えてやろう」と決めた。

永田は鉄筋工事の遅れを取り戻そうと、工程表と睨めっこする。一日たりとも遅れると致命傷になる。保育園は公共工事なので、単年度だと三月に建物引き渡しを行わなければならない。だから職人も忙しくなる時期は皆、重なってしまう。

官公庁の予算取りも、もう少し頭を使えばなんとかなると思うが、基本的に無理な単年度予算はやめた方がいい。発注者、受注者両方とも無理をしなければならない。そんな理由で現場も突貫工事となり、永田の体も悲鳴を上げ、手術に失敗していたお尻の穴が、再び激痛をもよおしてきた。

（まいった！　長野の牛舎の時より痛みがひどい。イボ痔が出たままで中に収まらない！）

現在では韓国のプロゴルファーのイ・ボミという可愛い女性が活躍しているが、永田のイボ痔は活躍しないでほしかった。

保育園の工事もなんとか終わり、永田は竣工書類を鈴木部長に渡して「あとは竣工式までよろしくお願いします」と言い残し、二度目の手術を覚悟した。

しかし今度は良い医者に頼まないと大変なことになる。何しろ一度目の手術で懲りている。明美も心配してその筋を当たってくれた。

やがて、明美の実家がある町の産婦人科が、痔の手術では結構有名だとの情報が入った。永田は藁にもすがる思いで会社から休暇をもらい、勝負に出たが、この手術も負け戦だった。すなわち、手術は成功しなかったのだ。そのため、一ヵ月経っても腫れが引かず、イボが残った状態になってしまっていた。しかし誰を責めるわけにもいかなかった。

会社へ復帰すると、今までの経験以上の現場が待っていた。四十戸ほどの六階建てのマンションの新築工事だ。ディベロッパーは全国的に有名な建設会社だった。

永田が一番心配したのは近隣対策である。建築基準法はクリアしていても、陽当たり、

振動、騒音、電波障害などで住民からのクレームが出ないともかぎらない。この件を営業の原田部長に尋ねると、

「心配ない。近隣説明会はしなかったが、現場の周りの家は全て挨拶済みで、ゴネた家にはそれなりのことはしてある」

と言った。〝それなりのこと〟とは、金を握らせたのだろうと永田は考えた。まあ、それくらいのことはしておかないと、現場がやりづらくてしようがない。

ところが現場が始まると、ちょうど作業車が曲がる角の家の親父が、毎日一、二時間現場を眺めては、やれ音がうるさい、振動が伝わるなどしつこく言ってくるようになった。この親父対策に、永田は常用社員の森田を当てた。森田は親父が出てくると接近して、世間話をして相手をする。杭工事が終わるまでこれを続けさせた。その後は躯体工事に入ったので親父も諦めたようで、あまり苦情も言わなくなっていった。

あとはマンションが完成するまで、ディベロッパーの担当部長・課長のご機嫌伺いに気を遣えばいい。この人種はゴルフと酒が専ら盛んだ。しかしその交際費も馬鹿にならない金額なので、段取りは営業の原田部長に全て任せた。

約一年の工期だったが、無事竣工し、この時すでに永田は三十二歳となっていた。

まだ子供はいない。明美は子供を欲しがっていた。だが、頑張っても、頑張っても、なかなか授からなかった。子宝は神様からの授かりものだ。あとは神頼みしかない。二人で

子授けで有名な神社を参拝し、祈願した。明美の顔は真剣そのものだった。

永田は休む暇もなく次の現場所長に任命された。現場は街中で、施工条件が非常に悪く、建築物は教会だった。永田は「アーメン」と胸に十字をきった。十字をきる時、子宝もお願いしたが、はたしてクリスチャンではない人間の頼みをキリスト教の神様が聞き入れてくれるのか？　それは神しかわからない。

現場事務所をはった頃、吉報が仕事中の永田に入った。明美からで、なんと妊娠三ヵ月だと言う。神道の人間の頼みをキリスト教の神様が叶えてくれたのか。いや、そうではないだろう。二人で行った子授け神社の神様が叶えてくれたのだろうと永田は思った。

この教会の現場は工程がきつかった。十二月のクリスマス・イブ前には引き渡さなければならないのだ。夏の暑い時期に躯体工事が終わり、一階から仕上げ工事が始まってきて一番忙しい工程に入った。その頃、明美は実家に帰り、近くの産婦人科で出産の準備に入っていた。

ある日、現場で永田が設計事務所と仕上げの打ち合わせをしていると、現場事務所の電話が鳴った。それは産婦人科の医者からで、明美が朝から陣痛がきて、今まで頑張っていたが、帝王切開でないと駄目だと言う。

「本来ですと、旦那さんの署名捺印をもらわないといけないのですが」

そこで永田は慌てて医者に言った。

「今からそちらに向かっても時間がかかります。了承しますので、何卒よろしくお願いいたします」

あとは打ち合わせをほどほどにして急いで病院に向かった。

個人病院なので、すぐに看護婦が、

「母子とも、大丈夫ですよ。女の子でしたよ。どうぞ、こちらです」

と永田を招く。ところが、廊下の窓越しから新生児室にいる赤ん坊を見て、永田はゾッとした。肌は色が濃く、顔はなんとお猿さんにそっくりだ。

「あのぅ、看護婦さん、あのしわくちゃな顔は、ちゃんとなるんでしょうか？」

すると看護婦は笑いながら、大丈夫ですよ、と言った。まずは一安心だ。

永田にはもう一つ難題があった。生まれてくる子供は、てっきり男の子だとばかり思っており、名前を「孝人」と決めていたのだ。

（これはまいったぞ。今夜、徹夜してでも名前を決める！）

と自分に喝を入れた。

明美の目が覚めるまでベッド脇の椅子に座っていると、疲れからか永田も少し眠ってしまった。はっとして目を覚ますと、明美が微笑んでいる。

「おっ、目が覚めたか。ご苦労さんだったね。何かすることないか？」

「足の裏に湿布貼ってくれない？　たしか引き出しに入ってると思う」

湿布を貼ってやると、明美はまた目を閉じて眠りに入ってしまった。かなり疲れたのだろう。しばらく明美を見ていると、ドアが開き義母が顔を出した。

「まだ目を覚まさない？」

「いや、一回目を覚まして、二度寝してる」

「現場、忙しいんでしょ。あとは私が見ているから、心配しないで戻りなさいよ」

義母の言葉に甘え、永田は現場に戻ることにした。

いつもは現場に戻ると永田は表情が厳しくなるのだが、今日は主任の中田と常用社員の森田が祝福してくれたので、つい顔が緩んでしまった。

早めに現場を引き揚げ、我が家に戻った。カギを開けても誰もいないというのは、寂しいもんだとつくづく思う。まずはビールを開けて一人で乾杯したのだが、今日見た娘の顔が頭に浮かび、また心配になった。

酒と夕食をほどほどにして風呂につかり、子供の名前を考え始める。地方新聞のお誕生日欄の名前を見ると、最後の文字が「子」で終わっている女の子がほとんど見当たらないことを思い出した。そんな理由もあり、永田は最後の文字を「子」にすることに決めた。あとは風呂を出て考えよう。

ベッドに腰かけ、名付けの本を読み、漢字の画数で決めようと思った。女の子は将来、結婚したら姓が変わる可能性が大きいので、下の名前だけで画数を計算すればいい。娘の顔が綺麗になるようにと願いを込めて、「美」の字を一つ選んだ。そうすると「美子」となるのだが、それで終わるのはつまらないと思い、もう一文字を決めるのに時間がかかった。美しいだけでは駄目だ、中身も良くなければ、と悩んだ末に決めたのが「恵」である。総画数も、名付け本によると良さそうだった。

決定、「美恵子」。時計を見ると夜中の二時を回っていた。だが、こんな数時間で娘の名前を決めてしまっていいのだろうか、と永田は不安になった。たしか母が、永田の「宏」という名は実家の裏の伯父さんが決めたというようなことを言っていた。父母に相談しなくていいものだろうか。そんなことを考えていたら夜明けになってしまった。

カーテンを開けると、富士山が雲一つなく遠くにくっきり見えた。

「よし、決めた。この名前にしよう」

一睡もしていない永田だったが、頭の中と胸の内はすっきりしていた。

現場に着いて今日の段取りがつくと、永田はデスクに白紙を置き「命名　美恵子」と書いた。そして夕方、産婦人科に向かい、まずは美恵子の確認をした。一夜で随分、顔つきが変わっている。お猿さんの面影はなくなり、赤ちゃんらしい顔になっている。赤ちゃんは日々顔が変わるというが、まさにそのとおりである。

誰に似ているかなぁ、と見入っていると、目は永田に似てどんぐり目だなと、親心ながら嬉しく思った。

病室のドアを開けると、明美がベッドで手を振って迎えた。

「どう、切腹後の痛みはないか？」

「大丈夫だよ。これも遺伝だよね、お母さんも私たちを産む時、帝王切開だったんだよ」

永田は明美の足裏を出し、湿布を貼り替えてやった。

「あぁ、気持ちいい。ありがとう」

永田は、もう少し経てば娘がこっちに連れてこられるんじゃないか、と言いながら、バッグから紙を出して明美の顔に近づける。

「赤ちゃんの名前、これに決めたぞ」

「可愛らしくて覚えやすい字ね。ミエコちゃん」

一晩考えた、と永田が言おうとした時、看護婦が娘を抱いてきて、明美の横に置いた。明美が娘の方を向いてホッペをつつきながら、

「美恵子ちゃん、よく来ましたね」

とあやし始めると、美恵子は大きなあくびをして応える。看護婦が、

「お父さんが命名したんですか？　凄くいい名前ですね」

と永田を褒めた。

しばらくの時を経て、明美と美恵子は退院し、三ヵ月ほどは病院近くの実家に里帰りを

していた。

その間、永田は独身気分に浸ることができた。永田の母が身の回りの心配をしたので、夕食と洗濯だけはお願いした。朝食はコンビニ、昼食は現場のそばにある中華料理屋で済ませ、夜はこの時とばかりに週二回は中心街へと足を運び、行きつけのスナックで酒を飲み、カラオケを歌って羽を伸ばしていた。

そのスナックは「エル」という店で、四十歳ちょい前のママと、お下げ髪で年は二十五歳くらいの女性二人でやっている。

「永田さん、奥さんいないから寂しいんじゃないの？　たまには奥さんの実家に行ってやらないと、心配してるわよ」

と、お下げ髪の真由美が言う。

「大丈夫だよ、ご心配ありがとう。ちゃんと一週間に一度は顔を出してますよ。泊まったことはないけどね」

そこへママが横槍を入れる。

「あちらの方が、ご無沙汰になってないの？　ああ、ソープランドという手があるわね。でも、それだとつまらない？　永田さん」

「昔から水商売の女性は嫌じゃないけど、やっぱりハートがつながらないとね」

いくら永田でも、一時間くらいの行為では気持ちが伝わらない。まあ、突発的な一夜の付き合いもあったけれど。

エルに通ってるうちに、永田と真由美のハートが近づいていった。教会の現場がもう少しで竣工になる夜、永田は一人でエルに寄った。九時を過ぎているのに客もママもいない。

「今夜はどうしたの？」

「お客さんがママを連れ出して、飲みに行ってしまって、私一人なの」

話の種にと、現場の状況を真由美に説明し出すと、「私、永田さんの隣で飲んでいいかしら？」と真由美が言う。

「かまわないよ」

永田はバーボンをストレートでちびちび飲んでいたが、真由美はウイスキーの水割りを手にして、「乾杯」と永田のグラスに軽く挨拶をする。そしてしばらくすると、真由美が永田の肩に顔を埋めてきた。

永田は真由美の唇に自分の唇を重ねる。真由美の体が震えている。互いに舌を絡ませ、上昇気分になり抱き合う。永田は以前から真由美に気持ちが向いていたのだ。今夜はこのままでは済ませる気にはならない。永田が真由美の耳元で、「今夜は、一緒にいよう」と言うと、真由美はきつく永田を抱きしめた。ＯＫの合図だろう。

ママの行き先の店に真由美が電話をして、「今夜は店を閉めて上がります」と言って、二人はエルを出た。

タクシーに乗り込むと、真由美は運転手に行先を告げ、永田の手を強く握り締める。このパターンは永田の得意技となってしまったようだ。全てが水商売の女性だった。大学生の頃のユキ、社会人になってからの良子、それと岐阜の洋美。これからも続く予感がしていた。

そんなことを思っていると、タクシーがアパートらしき前に止まる。このタクシーの運転手は真由美を何回かここに送っているようだ。そうでなければ道順を聞くはずだ。

永田は真由美に手を引かれて階段を上がり、二階の部屋に入る。部屋は二ＬＤＫで綺麗に整頓されていた。ユニットバスのシャワーを二人で浴びて、バスタオルを腰に巻き、リビングのソファーに座ると、真由美が缶ビールを持ってきて二人で乾杯した。ビールを飲み干すと、真由美が永田の股間に手を入れて愛撫してきた。陰部はすぐに勃起してきた。永田も真由美の股間に手を入れ、指で撫で始めると愛液があふれてくる。

「ああ、お願い……、いじめて」

と真由美が言う。真由美をベッドまで誘い、永田は愛撫を続ける。一回目の頂点に達した真由美は、喘ぎ声が大きく、隣の部屋を気にした永田は口づけをして声を殺す。ペニスを挿入すると、また喘ぎ声が凄くなる。永田が腰をあおると真由美は二回目の頂点に達して、前よりも凄い喘ぎ声を出した。もうかまうもんか、と永田も果てていった。

このあとの真由美の言葉が、永田の胸に刺さった。

「私のこと、奥さんだと思って抱いたんでしょ」

「そんなことないさ。俺は真由美が前から好きだったから」

この時が、妻明美に対しての永田の一回目の背任行為だった。


アーメン！　なんとか教会の竣工式を迎えられた。佐伯建設からの出席者は女性社長と、数年前に会社へ入った社長の息子の佐伯浩二、そして永田の三人であった。礼拝堂で賛美歌を歌い、祝杯を挙げた。予算は厳しかったが、参加者は皆、素晴らしい教会が出来上がったことに満足している様子だった。永田にしてみれば、もう少し予算があれば、より深みのある教会になっただろうと思う。

この頃になると、明美は実家から戻り、家で赤ちゃん中心の生活に入った。旦那のことはいつでも二の次、三の次だ。まあ、子供ができれば妻は女から母となるのが常だ。だから旦那がたまには他の女性を拝借したくなるのも、永田はわかるような気がした。


永田が教会の現場を上がり本社に戻ると、すでにデスクの上にどっさり図面が置いてあった。永田は部長の笹田に尋ねた。

「なんですか、これは？」

「前部長の鈴木さんの頃に、永田君がやったディベロッパーの分譲マンションの図面だよ。まずは見積りからお願いしたい」

前部長の鈴木は、この頃はすでに佐伯建設のライバル会社に勤務していた。佐伯建設を辞めた理由は、病院建設の受注金額で佐伯社長とかなり揉めたことらしい。佐伯社長はその仕事をどうしても受注したかったようで、鈴木がここまでですと言う金額から、さらに「五千万、切りなさいよ」と言い、鈴木は頭に血が昇って口論となり、「はい、それまでよ」となったそうだ。つまり社長が鈴木部長を切ったのだ。

安ければ仕事が取れると佐伯社長は自負している。しかし、そのやり方で仕事が取れたと喜んでいるようでは、余剰金がいくらあっても足りない。当然、利益率も落ち込んでいき、それが原因で社員の給料アップもボーナスも薄くなっていく。これは社員に対しての背任行為ともいえる。

永田はマンションの積算を分担して行うのだと思い、笹田部長に「積算スタッフはもう一人、誰ですか?」と聞いたが、「誰もいないんですよ。永田君一人で頑張ってください」と軽くかわされた。それから三週間、毎日、夜の十時まで積算作業を続けた。

家に帰って美恵子の寝顔を見るのが唯一の楽しみだった。美恵子の顔が見るたびに変わっていくのが不思議に思えた。

ようやく積算作業が終わり、実行金額を弾く段階に入った。今回は一棟目のマンションの出来栄えが良かったため、特命物件であった。したがって、ある程度の利益確保を当然意識して、見積りを完成させた。

クライアントに見積りを提出する前に、最終金額は必ず佐伯社長と〝ネゴ〟をしなければならない。いつもどおり佐伯社長は「いくら値引きしましょうかね?」と言ったが、永田は自信を持って、「今回は、値引きなしでよろしいじゃないんですか」と返す。

「だって、それじゃ施主が納得しないでしょ」

「これで交渉に入らせてください」

永田は譲らなかった。すると、社長にしては珍しくその先の言葉はなく、

「じゃ、あとは任せるわ」

と言っただけだった。

ディベロッパーの担当部長は前と同じ部長だったので、工事金額の交渉もスムーズにいった。本来であれば佐伯建設の営業部長が先頭に立って交渉するのだが、原田営業部長は会社の仮払金の数百万円が返済できず、佐伯建設を辞めていた。原田の後任には土木畑上がりの越井が営業部長になっていたが、建築のことはさらさらわからないので、交渉のテーブルについても役に立たないだろうと思い、永田一人で話をまとめ上げた。

年度始め、永田に辞令が発令され、建築課長に昇進した。たぶん今回のディベロッパーとの交渉が評価されたのだろう。

しかし今回の分譲マンション建設は難度が非常に高かった。まずは近隣の住民パワーだ。近隣対策は済んでいるものと高をくくっていた永田であったが、現場事務所を整え、段取

りがついたので、狭い搬入路に杭打ち重機を自走し始めたところで、近隣住民が搬入路を塞いで座り込みを始めたのだ。まるでテレビニュースで放映される光景のようだった。

主任の松村と、工事担当の中田に様子を見てくるように永田が指示をした。少し時間が経って、中田が永田に報告をしてきた。

「所長、あれでは話になりません。住民からは、まだ保証金も決まっていないのに着工させるわけにはいかない、との申し出がありました」

永田は考える間もなく、「中田君、重機をいったん引き揚げさせろ」と指示を出す。永田は受話器を取り、ディベロッパーの担当部長に電話をかけた。

「お世話になります、佐伯建設の永田です。今朝、杭打ち重機を搬入させたところ、住民が道路へ座り込みをしまして、まだ保証金も決まってないのに、などと言っておりまして。このままでは収まらないと思いますので、改めて住民説明会を開いた方がよろしいかと思いますが、いかがでしょうか?」

しばらく考えていた様子の担当部長はようやく口を開き、「わかりました、設計事務所を交えて対策を練りましょう」と返事をした。

松村と中田は、初めての経験なので顔が青ざめている。永田は言う。

「建設工事には、住民パワーは付き物だ。そう心配しなくても大丈夫。あとは金の問題だ」

この言葉に対して、松村が言った。

「永田所長は慣れているかもしれませんが、現場を担当する者としては、施工に集中したいです。近隣の対応までは到底できません」

隣で聞いていた中田も、同調するように頭を上下させて頷いている。

「わかった、何しろ君たちは現場に集中してくれ。近隣対応は俺がやる。それでいいか？」

「わかりました」と松村と中田は答えた。

後日、永田とディベロッパーの担当部長と設計事務所の副所長とで、再度の住民説明会について話し合った。ディベロッパー担当部長が言った。

「建築基準法では問題ありませんが、北側の二軒だけは、今までよりも陽当たりが悪くなると思います。ただ、保証金はそれなりに渡してありますので、それ以上要求されても会社の決裁が下りません」

それに対して設計事務所の副所長は、

「建築確認申請済証も下りていることですので、なんの問題もありません。あとは住民感情をいかに抑えるかです」

と返す。そこで永田はまとめに入る。

「どうでしょうか。もう一度住民説明会を開いて、工事に対しての住民の要望を聞くというストーリーで行ったらどうですか。追加の保証金の話は、その場で出すと我も我もと余計な無駄金を要求されるだけですから、それに対してはノーコメントでいてください」

永田の意見で、ディベロッパーの担当部長と設計事務所の副所長も納得した。永田は、施工条件がかなり住民から拘束されることを覚悟していた。工期内に完成させるには、相当知恵を絞らないといけないだろう。

案の定、再度の住民説明会では、施工条件にかなり厳しいことを要求された。だが、これで現場は動き出せるのだから、とりあえずうまくいったと永田は感じた。


その後、躯体工事が終盤に入り、外壁タイル工事も一階から施工を始めた。現場事務所から永田がその状況を確認していると、タイル工事の世話役が何か興奮しているようだ。その直後、タイル職人がせっかく張ったタイルを剥がし始めた。これはただ事ではないと思い、永田はヘルメットを被って現場に向かった。

「どうしたんだ、松村君」

「世話役が、施工図どおりタイルを張っていくと、窓回りの収まりがおかしくなってしまうと言ってるんですよ」

「どのくらい誤差が出てるんだ?」

「五ミリ程度です」

その時、永田はすぐに解決策はわかっていたが、松村もいずれは現場所長になる人間なので、ここは結論を言わずに松村に考えさせた。

「所長、窓のレベルに合わせてタイル割りをしてみます」

それを聞いて永田はほっとし、松村も成長したなと思った。松村の答は永田の考えと一致していた。

仕上げ工事は松村に任せているが、躯体工事はもっぱら中田が担当している。型枠大工と鉄筋工の調整役なので、それなりに気を遣わなければならない。今は七階の型枠・鉄筋工事を行っているので、昇降だけでも体力が必要だ。まだ若いからできるが、年を取ると大変な労力だと思う。

中田も一階のタイル騒動に気がついたのか、現場事務所に戻ってくるなり、勢い込んで言った。

「永田所長、外壁タイル、どうしたんですか？　私が担当の躯体精度が悪かったんですか？　はっきり言ってください」

「おまえの責任ではないよ。五ミリの誤差は許容範囲だ。松村が解決したから大丈夫だ」

永田は今回、現場担当者に松村と中田が配属されて非常に助かっていた。これからもこの二人には、永田の現場パートナーとして実力を発揮してもらいたいと思った。

七階のコンクリート打設を終えた頃、永田は二人目の子宝を授かった。教会の現場の時と同じでまた出産には立ち会えなかった。一回目が帝王切開だったので、今回も同様だ。

永田が早めに現場を上がり、産婦人科に駆けつけると、看護婦が、

「永田さん、美恵子ちゃんの時と同じでまた間に合いませんでしたね。今度は男の子ですよ。こちらへどうぞ」

と、廊下の窓越しに赤ん坊を見せてくれた。永田が自慢げに、「名前はもう決まってるんですよ。〝孝人〟と命名しました」と言うと、看護婦は「良い名前ですね」と微笑んだ。

明美の病室に行くと、二度目のせいか平気な顔をしてベッドに横になっていた。前と同じように、永田が足裏に湿布を貼ってやると、気持ち良さそうな顔をした。

「名前は〝孝人〟よね」

「当然だよ」

正直、男子が生まれて永田はほっとした。やはり、代々続いた永田家を継ぐ男子が欲しかった。これで一安心だ。

帰りがけに明美の実家に寄り、久しぶりに美恵子を抱く。美恵子は久しぶりでも煙草の匂いで父親だとわかっているようで、にこにこと笑った。父親らしいことは何もやっていないが、永田は嬉しく思う。しかし、義母には随分、迷惑をかけている。長女と長男をこれから二、三ヵ月、面倒見てもらわなければならない。

永田はまた自宅に一人住まいとなった。しかし今回は、女性との関係は何もなく、ひたすら現場に没頭した。

分譲マンションを建設している手前、売れ行きも気になるところだが、ディベロッパーの担当部長は笑顔でこう言った。

「売れ行きはいいです。佐伯建設の副社長さんにも、一戸購入していただきましたよ。それと、驚いたことに、近隣住民で工事に反対していた人が、一戸購入してます」

喉元過ぎればなんとやらで、近隣住民が購入するとは永田も想像していなかった。

ようやく分譲マンションも仕上がり、エンドユーザーの各戸検査が始まった。これにはチェック記録係も多数必要なので、建築部から応援部隊を呼んで対応した。おかげで大きなクレームもなく無事完了した。現場を担当していて、最高の時だ。この時のために皆、頑張っているのだと永田は思う。

永田が松村と中田を、「ご苦労様でした」と労うと、両者が握手を求めてきた。目が潤む瞬間だ。

今回は永田にとっても大変な現場だった。引き渡しが終わったら旅行へ行こうと、三人で毎月積立貯金をしていた。主任の松村に旅行の手配は任せておいた。

九州佐賀県の嬉野温泉をチョイスしておいたとの報告を受けた。よく聞いてみると、芸子がお相手をしてくれる温泉街のようだ。

九

　三人で有休休暇をもらい、一路、羽田から佐賀へと飛行機で飛んだ。

　現在、嬉野温泉には昔の面影はなく、芸子もかなり減っているらしいが、当時は〝芸子銀座〟と呼ばれるほど活気があった。

　温泉宿に着き、ひと風呂浴びて宴席につくと、芸子が三人、ひざまずき丁寧に挨拶をする。

「お姉さん方、それぞれに付いてくださいね」と永田が言うと、三人の男の席に一人ずつ芸子が付いた。芸子は三人とも美人であったが、一番若い中田に一番美人な芸子が付いた。

　まあいいか、現場では中田に一番苦労をかけたからな、と永田は思い、つい、「中田、最高だね」と口に出すと、普段無口な男が「最高ですね」と返してきた。「この野郎！」と永田は笑った。

　宴会も終わり、二次会はスナックに行くことに決めていたが、芸子の世話役が、今晩はどうするかと聞いてきた。子供ではないので言わんとしていることは皆わかっている。

「永田所長、どうしますか？」と松村が聞くので、「このままのカップルでいいんじゃないの？」と永田が言うと、中田がニヤリとした。

芸子の着替えが終わると、浴衣に半纏を羽織り、それぞれのカップルでスナックに向かった。店のドアを開けると、世話役が予約を入れておいてくれたので、カウンター席にそれぞれ座った。永田のお相手、綾子が「永田さん、下の名前を教えてください」と言うので、永田は「宏です、宏です、宏です」と、某コメディアンの真似をしておどけた。

「ふふっ、おちゃめな人ですね。乾杯」

二人で水割りのグラスを上げる。カウンターの中にいるママが、

「綾子さん、いつもの歌、いきますか？」

と聞くと、綾子が返事をする前に、もうイントロが流れ出していた。

「世の中で、あんたが一番好きだったけれど――」

永田も好きな桂銀淑の曲だ。歌っている綾子を見ると、目に涙が滲んでいるような気がしてならず、その涙が永田は妙に気になった。

四十分くらいして、それぞれのカップルはスナックから出ていった。

永田は綾子に手を引かれて、近くのホテルに入った。ホールで部屋の写真を見て、

「綾子、部屋を選んで」

と言うと、円形のベッドが写っている部屋のボタンを押した。部屋のカギが下の受け皿にコツンと落ちる。それを持つと綾子はまた永田の手を取り、エレベーターに乗って三階

のボタンを押した。エレベーターの中で、綾子は永田に軽くキスをした。挨拶代わりだろうが、永田の陰部はすでに準備万全の態勢にある。

部屋のドアを開けると、綾子は全てを脱ぎ捨てて先にベッドに入る。永田も追って裸になり、綾子と抱き合い深いキスをする。綾子の陰部はかなり興奮して濡れている。ペニスを挿入すると、ひ弱い声を上げた。永田は今までにない興奮を覚えたが、それがどうしてなのか、その時にはわからないまま果てた。

シャワーを浴びて二人は再びスナックへ戻った。永田はふと考えた。

（〝嬉野〟の「嬉」は、女が喜ぶと書くんだな……）

たぶん、嬉野の芸子はそれぞれ理由《わけ》あってこの地にいるのだろう。そこらへんのことを綾子に何気なく聞いてみた。

綾子は島根県浜田の生まれで、実家は漁師で生計を立てていた。実際、生活は楽ではなかった。高校を卒業した綾子は、ある人の手配でここ嬉野温泉の芸子として働くようになり、実家を金銭的に助けている。慣れない芸子になって、二年と数ヵ月が経つという。

綾子が唐突に言った。

「宏さん、さっきの曲、歌ってくれない？」

永田は、いいよと言ってママからマイクを受け取り歌った。横を見ると、綾子の目が潤んでいるのがわかる。たぶん、この歌が今の綾子の心境なのだろうことは、永田にもわかった。ホテルで興奮を覚えたのは、綾子の体だけではなく心にも触れたからなのだろうとも思った。

　永田はこういうタイプに心を奪われることがたまにある。しかし、何かしてあげようと思ったところで、九州と関東ではどうにもならない。そんなことを考えていると、綾子が「宏さん、連絡していい電話番号を教えて」と言ってきた。会社もまずい、家はなおまずい、と考えた末、ポケットベルの番号を教えることにした。現在では携帯電話があるので、いちいちこんな面倒なことを考えなくてもいいのだが。


　翌日は長崎でゴルフをして、三人は飛行機で帰路につく予定だ。

ゴルフが終わって風呂で汗を流し、ロッカールームに行ってポケベルを見ると、着信が入っていた。番号からして綾子だと察しはついた。ゴルフ場のフロントホールから電話をかけると綾子が出た。

「昨夜はいろいろ気を遣ってもらって、ありがとうございました。気をつけて帰ってください。また連絡します」

「ありがとう。また連絡待ってるよ」

　芸子はなかなか休みが取れないと聞いている。次に会うのはいつになるだろう、と永田は考えた。一泊二日の忙しい旅だったが、内容は濃かった。

翌日、本社に出勤すると、永田のデスクにまた大量の設計図面が置いてあった。部長の笹田が言う。

「永田君、ディベロッパーの分譲マンションの見積りを、またお願いしたい。今度が三度目の正直だ」

「ちょっと待ってくださいよ。いくらなんでも三度目の分譲マンションは勘弁してください、神経がまいってしまいますよ。部長も住民パワーの凄さをわかってるでしょう」

実はこの物件は、二物件目の前に施工するはずだったのだが、いろいろな条件をクリアーしていくのにかなりの時間を要したのだった。

まあ、愚痴をこぼしても何が変わるわけでもない、と永田は腹をくくった。「わかりました、やりますよ」と言って見積りの段取りに入る。

この前と同じディベロッパーの物件なのでスムーズに積算は進み、見積りを出し、佐伯社長と協議する段階に来た。すると佐伯社長は何を考えたのか、「今回の分譲マンションの仕事は、断ることにします」と言ってきた。理由については何も答えようとしなかった。だが、永田にはある程度社長の考えが想像ができた。一つは、特命受注には金がかかるということだ。まして三物件目ともなると、札の束も多くなるだろう。もう一つは知事選挙の結果、佐伯建設もようやく〝勝ち組〟になれたことだ。これによって公共工事が増えることも社長の頭の中にはあるのだろう。

案の定、高等学校の改築工事がすぐに受注できた。二社の共同企業体で施工する物件だ。工事金額は八億円弱。そうすると、現場代理人と主任技術者には一級建築士を要求される。この時の建築部の状況を考えると、永田が担当するしか方法はなかった。しかし永田は、分譲マンションの設計事務所及びディベロッパーの担当部長と、佐伯社長の板挟みになってしまった。笹田部長は、

「分譲マンションを断るのは、佐伯社長が決めたことだから仕方がない。永田君には、高校の改築工事の現場代理人と主任技術者として頑張ってもらいたい」

と言ったが、永田は今までの二物件の分譲マンションの現場営業を、まるで無視されたような気がしてならなかった。

「少し考えさせてください。……潮時かもしれませんね」

そう答えておいた。

永田はディベロッパーの担当部長から何回も、佐伯社長を説得してくださいと言われた。しかし決裁権は社長にある。

ここで永田は、ある行動に出た。佐伯社長が仕事を断わると言ったら絶対に受けることはない。それならば、仕事ができる建設会社を紹介するのが一番の近道だ。永田は積算資料を抱えて、東野建設の建築部常務に連絡を取り、詳細を説明することにした。東野建設

の建築部常務とは、以前の工事で縁があったことがある。

常務は永田の話を聞くと、

「どうですか永田さん、うちに来てもらって、この仕事をやってもらえませんかね」

と言った。それは、仕事のお土産を持って東野建設の社員になれということだ。永田は東野建設に入るつもりはさらさらない。単純に、永田がはじいた金額で東野建設が受けてくれればいいのだ。

結局、東野建設では、この金額ではできないという結論になった。

永田はこの時、自身の会社を設立して独立をしようと考えていた。すでに会社の定款も考え、社員にも二名ほど声をかけていたのだ。しかし知事選で佐伯建設が勝ち組になったことで、東野建設の常務も、

「せっかく東野建設を筆頭に佐伯建設も勝ち組になったのだから、会社に留まった方が賢いと思う」

と言った。

永田は数日悩んだ末、結局、佐伯建設が受注した高等学校の改築工事をやることにした。部長の笹田には、松村と中田を工事担当としてもらうことを条件として伝えた。笹田はそれを二つ返事で了解した。それはそうだろう。ここで永田の言うことを聞かなければ、永田がまたごね始めるのは笹田が一番わかっている。

永田はこれで踏ん切りをつけた。佐伯建設のために全力を尽くそう、と。

高等学校の改築現場まで通うのには、車で一時間十五分はかかる。久しぶりの長距離勤務である。

妻の明美は毎日五時半に起きて、朝食と弁当の支度をした。また、夜は帰りが遅いので、夕食は九時を過ぎる。

高等学校の工事は当然、官庁発注工事なので、永田にとっては保育園以来の公共工事となる。松村、中田にとっては初めての公共工事だった。何しろ今回の知事選までは、建築の公共工事はほとんど受注できなかったのである。それだけ知事選の勝ち組、負け組の差は大きかった。営業部の苦労も、永田にはわかる気がした。

現場事務所も、いつもの民間工事程度では済まず、工事内訳書どおりのものを用意しなければならない。その中には不必要なスペースも要求されている。例えば、官庁の現場担当者の部屋も準備しなければならない。その広さは八坪もあるのだ。実際、一ヵ月に二度くらいの打ち合わせは行うのだが、打ち合わせ室は別に用意されているので、その部屋は全くの無用であった。しかも、この無用の部屋の約一年間のリース金額も馬鹿にならない。このような無駄を除いていけば工事金額も圧縮できるのだが、と永田はため息をつきたくなった。

もう一つは提出書類の多さだ。これにはさすがの永田もびっくりした。その書類整理にも時間を要するので、ある程度の規模の公共工事には女性の事務員が必要になる。

永田は行きつけのスナック「エル」のママに女性事務員のことを話した。

「私、探してあげようか。永田さんの性格もよくわかってるし、地域的にも何人も知ってる人がいるから」

ママがそう言うと、横から真由美が口を出す。

「また永田さんたら、事務員だったら男性でもいいじゃないですか。何か下心でもあるんでしょ」

「馬鹿言ってるんじゃないよ。朝コーヒーを入れたり、職人の配達弁当を注文したり、いろいろ雑用もしてもらわなきゃならない。それと、お役人さんだって、男性がお茶を出すより女性から出された方が気分的に違うでしょ。そういう心遣いが真由美にはわからないかなぁ？」

それに、松村や中田にしても、現場から事務所に戻ってきた時、若い女性事務員が「ご苦労様です」と言って迎えれば、疲れも癒されるだろう。

永田は、事務員のことはママに頼み、この夜は何事もなく家路についた。

翌日、永田が現場に到着して朝のミーティングをしていると、エルのママから連絡が入り、家業の手伝いをしている女性で一年くらいなら事務員を引き受けてくれる人が見つかったという。永田はママに履歴書を送ってくれるように頼んだ。

それによると、年齢は二十六歳で、一時的に保険会社の事務もやっていたという。しかし、肝心の写真が添付されていない。永田が一番、興味のあるところだ。仕方がない、面談の時を楽しみにしていよう、と永田は思った。

三日ほど経って、現場事務所で永田と笹田部長が女性事務員の面談をした。名前は樋口正子。永田のタイプである。笹田がいくつか質問をしていたが、永田はすでに決めていた。

笹田が席を外し、永田を手招きする。

「どうですかね、労働条件は全て納得してもらいました。いい子だと思いますが」

と笹田が言う。待ってました、とばかり永田が返す。

「結構でございます。明日から勤めてもらいましょう」

これで独身の松村、中田のモチベーションも上がるだろう。


現場は躯体工事が終了して、内外仕上げ工事に入っていた。この頃から永田は、松村の行動が気になるようになった。

永田は毎日、朝のミーティングが終わると必ず現場を巡回する。約一時間半はかかる。まず、建物の内部作業状況を確認する。一階から四階までの所要時間は五十分。施工で気になった箇所をメモに残す。そのあと四十分かけて外部の施工状況を確認する。この外部が、永田にとっては非常に苦痛だった。足場の高さは一段が一メートル七十センチなので、長身の永田は、ヘルメットが足場に当たらないようにするには腰を屈めて歩かなくてはいけない。ちなみに永田の身長は一メートル八十五センチだ。大体、一現場で必ず軽いむち打ち症になる。これも一種の職業病だ。

一巡して現場事務所に戻ると、松村と事務員の樋口がコソコソ何やら話をしていた。永田に気づくと、松村は「現場を見てきます」と言って、外壁タイルの施工図を手にして外へ出ようとした。永田が、

「松村、さっき外壁タイルの施工状況を確認してきたが、実にうまく収まってたぞ。マンションの経験をしっかり活かしている証だ。成長したな」

と褒めると、

「これも永田所長のアドバイスのおかげですよ。二度、同じ失敗は許されません。ありがとうございます」

と言って現場管理に出た。このやり取りを聞いていた事務員の樋口は、嬉しそうな顔をしながら永田に言った。

「所長、朝の巡回ご苦労様でした。お茶かコーヒー、どちらにしますか?」

「お茶をもらおう」

行程も順調に来ているので、永田も機嫌が良い。そこで永田は調子に乗って、樋口にこ

んなことを聞いた。

「樋口さん、誰かお付き合いしてる男《ひと》はいるんですか？　樋口さんなら周りの男も放っておかないでしょ」

「とんでもないです、私は男性にご縁がないんですよ。永田所長、誰かいい人がいたら紹介してください」

この時、永田は松村と樋口が付き合い始めているのはわかっていた。放っておいても男と女は自然にどうにかなるものだ。どうにかならないのは永田自身の方だった。


工事も最終段階に入っていった。二月末日が工期である。したがって二月初旬から諸官庁の竣工検査に入っていく。

二月といえばバレンタインデーがある月だ。永田にはもう関係がないと思っていたところ、この学校に勤務している女性の先生が、現場事務所に永田を訪ねてきて、チョコレートの包みを差し出した。こんなことは学生以来のことなので、さすがの永田も対応に困っていると、見かねて樋口が言った。

「永田所長、受け取ってください。先生だってわかってもらいたいんですよ」

永田はこういう素人の純情な好意には慣れていない。それでも「ありがとうございます」と言って受け取ったのだった。

いろいろあったが、無事、高等学校の改築工事は竣工を迎えた。ただ残念なことが一つあった。松村がこの現場を最後に、佐伯建設を退職したのだ。その理由は永田にはわかっていた。その後、風の便りによると、松村はやはり樋口と結婚をしたという。

この間、永田は嬉野温泉の芸子、綾子と週一回のペースで連絡を取り合っていた。しかし芸子の仕事上がりは当然、深夜になる。綾子は気を遣ってはいるようだが、深夜に永田のポケベルをたまに鳴らしてくる。永田はそのたびに、自宅二階の寝室の電話から綾子のナンバーに電話をかける。大体、綾子のアパートに電話をかけることが多い。妻の明美は子供と一緒に一階の和室で寝ているので大丈夫なのだが、九州旅行から帰ってきてから電話料金が随分と多くなっていることに、明美は当然気がついていた。ある日、明美は承知で永田に言った。

「九州から帰ってきても、随分お話が尽きないのね」

それからは、綾子が仕事に出かける前に話をしようということになった。

「次はいつ嬉野に来てくれるの？」

「近々、行けると思うよ。段取りがついたら細かい日程を連絡するよ」

永田がここまで言えたのは、春の佐伯建設建築部の旅行が九州に決まっていたからに他ならない。

やがて九州旅行の詳細日程が固まった。一日目は長崎を観光して一泊、二日目には佐賀に入って嬉野温泉に一泊することに決定した。九州旅行出発前に、永田は綾子にスケジュールを教えた。芸子は五人用意しておくようにとも言った。永田にとっては長崎はどうでもいい。早く佐賀に行きたかった。

長崎から佐賀に向かうバスの中で、笹田部長が永田に念を押す。

「嬉野温泉の芸子さんの手配は、間違いないよね」

「部長、それは大丈夫ですよ。ちゃんと五人手配してありますので、その中からいい女《ひと》を選んでください」

笹田はにやけた顔をして、右手でＯＫサインを出した。

嬉野温泉のホテルに着き、それぞれ大浴場で汗を流し、宴会場へと向かう。宴会が始まる前に笹田部長から一言あり、芸子が座して挨拶をして、それぞれの席に散らばった。綾子はもちろん永田の御膳前に座る。

「本日はありがとうございます。綾子と申します。おビールでよろしいでしょうか？」

そう言って、永田と両隣に酌をした。綾子は気を遣って、永田との関係がわからないように振る舞っている。しかしそれも束の間、酒を差しつ差されつしている間に、綾子が小声で永田に囁いた。

「今夜はホテルがいっぱいなの。私のアパートでいい？」

永田は頭を縦に振る。

やがて宴会も中締めとなり、永田はするすると宴会場をあとにして、前回に行ったスナックで綾子を待った。二十分ほどすると、着物からラフな洋服に着替えた綾子が、スナックのドアを開けた。

「タクシーを待たせてあるから、行きましょう」

永田が椅子を立つと、綾子は永田の手を握り、笑顔でママに頭を下げて外へ出た。

タクシーに乗ると綾子が永田の唇に熱いキスをしてきた。今夜の綾子は前よりもなお綺麗に見える。

タクシーが止まると、綾子が永田の手を引いて車を降りる。アパートと言っていたが、二階建ての一軒家のようだ。綾子がドアのカギを開ける。

「私の部屋は二階です。一階はお姉さんの部屋なの」

永田が質問しなくても説明してくれた。二階に上がると、中はやはり女性らしい雰囲気だった。綾子が冷蔵庫から缶ビールを持ってくる。

「また来てくれて、本当にありがとう。乾杯」

「綾子さん、いつまで芸子を続けるの？」

「実家の借金を返すまではね……」

そう言った直後、綾子は突然、永田に飛びついた。「抱いて……」と切ない声で言う。

一回目は長い行為だった。バスルームが一階なので、別々に汗を流した。

綾子が一階で汗を流している時、永田はふと、ベッドの頭部カウンターに置いてある引き出しの小物入れがやけに気になった。中を見てみると、そこには代紋の付いた名刺が入っていた。「〇〇組・若頭」と見えた。すぐに引き出しを閉めた。

しかし、永田はあまり驚きはしなかった。建築現場事務所にも、その類の人たちがご挨拶に来ることもあるからだ。たぶん、この名刺の男が綾子を芸子に上げたのだろう。永田は綾子の生い立ちを考えると切なくなってきた。

少しすると綾子が部屋に上がってきた。永田の横に寄り添い、永田を抱きしめてくる。名刺の件を聞くべきでないことくらいはわかっていたが、これから先の綾子との付き合いを考えると、どうしてもはっきりしておかなければならないと永田は思った。

「綾子、この温泉に芸子として来るのを面倒見てくれた人は、ひょっとしてこちら関係の人なのか？」

と、永田は頬に人差し指で線を引いた。

「……そうです。私は宏さんが好きになりました。だから本当のことを言います。お兄さんは今、刑務所に入っています。あと一年で罪を償って出てきます。あなたのことがわかったら、私もあなたもただでは済みません。宏さんに迷惑をかけるわけにはいきません。だからせめてあと一年、宏さんを私の一番大切な人にさせてください」

映画の一場面のようで、二人ともさらに燃え上がった。永田は燃え尽きて、朝まで寝入ってしまった。

綾子が翌朝、タクシーを呼んでおいてくれた。また連絡を取り合うことを約束して、永田はホテルに帰り、朝風呂に入った。夕べの余韻がまだ残っており、思考能力ゼロパーセントだ。

帰りの飛行機に乗ってから、永田はあと一年の綾子との付き合いをどうするか、考えずにはいられなかった。綾子は昨夜、永田の腕の中でこんなことを言った。

「奇跡を起こせるものならば、あなたと新しい人生を築きたい……」

永田には家庭があるので、ここで奇跡を起こされても困る。ただ今回は、水の女として割り切れる心中ではなかった。

心と心が、赤い糸でつながってしまったようだ。これは、まずい……。

十

翌日、永田は久しぶり本社に出勤した。次の現場は用意されているのだろうか？　と思いつつ、笹田部長に聞いてみた。

「私の現場は、あるのでしょうか？」

すると笹田は少し困った顔をした。

「永田君、ちょっといいですか。ここではまずいから、打ち合わせ室に行きましょう」

永田は何か嫌な予感がした。しかし、どこかに左遷されるようなヘマはしていない。それに、現場の実績は抜群に良いと思う。

笹田のあとについて打ち合わせ室に入り、向かい合ってソファーに腰を下ろすと、笹田が口を開いた。

「永田君、本社の営業部をどう思ってる？」

「えっ、営業部ですか？　そうですね、知事選では勝ち組になれましたが、公共工事の受注もたいしたことはないし、まして民間工事の受注も最近は少ないですよね。それと当社のトップ営業は、さらさら期待できないですから」

「それだけわかっていれば、問題ありませんね。佐伯社長がどうしても永田君を営業部に上げたいと言ってるんですよ」

永田の次の現場を予定させていなかったのは、これが原因なのかとわかった。

「わかりました、副社長と話をして決めます。合意できない時は、会社を辞めるかもしれませんが」

佐伯社長の息子である佐伯副社長は、その時、営業部の統括をしていた。永田は早速、副社長にアポを取り、その夜、サシで話をすることになった。

「もう決まった人事なので、よろしくお願いしますよ」

永田のお猪口に酒を注ぎながら、佐伯副社長が言った。

「いずれ営業をやるのは、吝かではありませんが、若い建築部の連中をあと二、三年、私の下で勉強させたいんですよ」

「越井営業部長も辞めてしまったし、山角次長だけではどうにもなりません。公共工事と民間工事の営業、両方とも担当してもらいます。そのうち慣れますから大丈夫ですよ」

副社長は気楽そうに言う。永田は、これは何を言っても駄目だと感じた。副社長の言葉は、全て佐伯社長の指示そのものだからだ。

しかし、いったいこの息子に何ができるのだろうか。母である佐伯社長のモルモットではないか。この時点で副社長はＮＧだと永田は思った。それならば、永田自身で営業のやり方を考え、開拓していくしかない。そこで永田は駄目押しをした。営業の名刺の肩書きだけで、随分と相手の見方が違ってくるものだ。なので営業に上がる条件として、山角と同格の次長としてもらいたい、と副社長に要求した。副社長は二つ返事で了承した。これでもう、営業をやるしかなくなった。永田は腹をくくった。

酒はほどほどにして佐伯副社長と別れ、家に帰ると、明美に営業部への異動を話した。明美はさほどびっくりする様子もなく言った。

「宏さんなら、大丈夫よ。スーツも少し作った方がいいわね。営業屋さんは、まず身なりから整えないといけないから」

「そうだな。腹回りも太くなったし、そうしよう」

そんな会話をして二階の部屋に上がると、ポケベルが鳴った。番号を見ると、綾子のアパートの電話番号だ。おかしいな、この時間は仕事に出ているはずなのに。それに、電話は仕事に出る前にかける約束だ。しかも、今電話をかけたら明美にまだ付き合っているのがバレてしまう。永田は今夜の電話をやめて、明日にすることにした。

翌日の昼過ぎに綾子のアパートに電話をしてみた。数回、呼び出し音が鳴ってから綾子の声がした。

「昨夜はどうしたの？　仕事中にポケベル鳴らして」

「昨日はなんとなく体がだるくて、お母さんに言って休ませてもらったの。少し暖かくなったら熱海にでも行って、温泉でゆっくりしたいなぁ」

永田は、建築部から営業部に異動したことを綾子にも伝えた。

「営業って大変なんでしょ？　お客さんの接待もあるし、時間は不規則になるし、熱海なんて言ってられないよね」

「何しろやってみないとわからないよ。仕事を取らないと実績にならないからね。営業は零点か百点かどちらかしかないんだよ。全て結果だね。でも、忙しくても連絡はするよ」

永田はそう言って電話を切った。

芸子が旅行のために休みを取るのは大変だろうと、永田はふと思った。たぶん、実家の親が具合が悪くなったとか、親戚の法事だとか、それらしい理由を付けないと無理だろう。しかし、〇〇組のお兄ちゃんの出所まで数ヵ月となった今、二人に残された時間は限られている。

永田はふと大学生の頃を思い出す。水の女との付き合いが、今も変わらず賞味期限付きで終わっていく。しかし明美や子供たちのことを考えると、これでいいのかなとも思った。

永田は佐伯建設の営業マンとして外に出てみて、初めて自社の置かれている立場を理解した。知事選では勝ち組となったが、市町村を回ると、知名度の低さと営業力の弱さがてき面にわかった。と同時に、今まで佐伯建設の営業屋たちは何をしていたのだろうか、とも思った。

ほとんどの市町村が、ゼロからのスタートだ。どこからどのように攻めていくかを考えた。まず、工事金額の大きい建築営業は、とりあえず自分に営業力が付くまでやめておこう。それよりも、どこの市町村も下水道を整備し始めているので、土木営業の中でも下水道工事に営業をかけるしかないと考えた。

まずは、工事入札の指名をもらうことから始めなければならない。それには各市町村の首長に佐伯建設の名をインプットすることだ。首長と膝を突き合わせて話をするには、首長の側近に手配してもらうのが一番手っ取り早い。

永田は、ありとあらゆる人を使い、首長に会って指名のお願いをして回った。しかし、人を利用するには時間と金がかかる。佐伯社長は、モノになるかならないかわからない物件には、交際費は絶対に出さないのが永田にはわかっている。自腹を切るしかなかった。

それでも、佐伯建設の下請け業者が首長とつながっている場合もあったので、有効に使うことができた。その代わり、佐伯建設から仕事を与えることをお礼とした。

だが、下水道工事一つを受注するのも容易ではなかった。いくら首長と知り合いになれても、それぞれの市町村には業界の仕切り役がいる。その仕切り役が首長の意向を聞いて、そのとおりに采配を振るうのだ。それに逆らうと次回からの指名は消えてゆく。

永田は考えた。仕切り役を相手にするのはやっかいだ。それより首長の側近からつつかせるのが確実だ。そうすることによって、どの工事が受注できるのか、またはもう少し待つのか、予定がわかるようになる。あとは四年に一度の首長選挙に協力することだが、中には危ない選挙もあるので見極めが必要だ。

しかしこのような重大な判断は、普通は佐伯建設の社長なり副社長なりが指示を出すのが当然なのだが、まったくお構いなしだった。

永田には、相当の負担がかかり始めていた。そんな気持ちのまいっている時に、綾子からポケベルに連絡が入った。綾子のアパートへ電話すると、どうしても近々、関東に行きたいと言う。永田は久しぶりに綾子の体を思い出し、そして綾子の切ない気持ちもひしひしと感じ取れるのだった。ここで綾子の希望を叶えてやらないわけにはいかない。

永田は熱海のホテルを予約し、旅行の段取りをした。明美には申し訳ないが、仕事で出張だということにしておいた。

土曜日の朝、スーツを着て、車を一路、熱海に向けた。綾子は新幹線で熱海に昼頃の到着予定だ。熱海の駅前に車を止めて待っていると、辺りをキョロキョロ見ながら綾子がバッグを肩にかけて改札口を出てきた。永田が車を降りて手を振ると、嬉しそうな顔をして永田に近づき、キスをしてきた。

「久しぶりだな。少し痩せたか?」

「一週間前から、お酒を飲まないで烏龍茶で我慢して仕事してたから」

永田は綾子を助手席に乗せ、車を走らせた。ホテルのチェックインにはまだ時間があるので、思い当たるところを観光した。水族館のイルカの芸に、綾子は目を丸くして見入っていた。

夕方になり、ホテルに入った。チェックインには名前と住所を書かなくてはならない。結局、「永田宏、綾子」と書いた。

部屋に案内されると、海が一望できる良い部屋だった。仲居がドアを開け挨拶に来た。

「奥様、お茶でよろしいでしょうか？　静岡のお茶は、最高に美味しいですよ」

そう言いながら永田と綾子に勧める。〝奥様〟とはまいったな、と永田は思ったが、綾子は嬉しそうにしている。明美には申し訳ないが、永田は今は奥さんが二人いる状態になってしまった。でも、今日と明日は、綾子を妻だと思ってやろうと永田は思った。

二人はそれぞれ大浴場にゆっくりつかり、部屋に戻ってきた。

「今日は本当に幸せ。母をいつかここに連れてきたいわ。少し親孝行しなくちゃね」

と綾子が呟く。もう部屋には夕食が用意されつつあった。永田は綾子にビールを注ぎ、グラスを上げて乾杯した。

綾子の浴衣姿を永田は初めて見たが、とても色っぽく感じた。永田と綾子の年は十歳以上離れているが、仲居が綾子を奥様と呼ぶのに抵抗はなかった。

この夜は、二人とも燃えた。一晩で三度の行為をした。二人とも初めての経験だった。

朝、大浴場で汗を流し、部屋で遅い朝食をとる。身支度をして、帰りの準備を済ませる。永田は、九州まで新幹線で帰るのは大変だろうと思ったが、綾子は全然平気だと言った。

部屋を出る前にお別れのキスをする。

車で駅まで向かう途中、綾子が唐突にこんなことを言い出した。

「宏さん、お兄さんがあと三ヵ月で出所してきます。これが最後だと思って出てきましたが、私の心は、宏さんに包まれています。あとは、宏さんが大学生の時にいた東京の新宿に、どうしても行ってみたかったです。……わがまま言ってごめんなさい」

永田は熱海で終止符を打とうと決心して来たのに、逆に綾子の心に火を付けてしまったようだ。水商売の芸子が一人の男にここまで入れ込むのを、永田は恐ろしく感じた。何がそこまで綾子の心を動かしているのか、永田にはわからないが、彼女の生い立ちがそうさせているかもしれない。永田は綾子が不憫に思えてならなかった。

駅に着いて車を止めると、永田は五万円の入った封筒を綾子に渡したが、綾子は、

「お金はいりません。いや、もらってはいけないのです」

と拒んだ。永田は何事もお金でケリがつくとは思ってないが、一つのけじめとしたかったのだ。

「それは駄目だ。本来なら俺が交通費も出さなければいけないんだぞ。芸子のお座敷分くらいだから、受け取れ」

そう言いながら、綾子の胸の中に封筒を入れた。

「私は芸子として来たのではありません。一人の女として、好きな人のもとに来たのですから……」

そう言うなり、綾子の頬を涙が伝った。

綾子は車を降りてバッグを肩にかけ、「じゃあ、行くから……」と、駅の改札口へと消えていった。

帰りの車の中で永田は、新宿の街のことを考えていた。大学を卒業して、もう二十年近くが経つが、新宿も随分変わったなあと思う。たまに仕事で東京へ行く時があるが、新宿では西口が一番変わったであろう。高層ビルがいくつも増えて、名称を覚えきれない。大学の頃は、まだ建設中のビルもあったが名称は全て覚えていたものだ。亜美と高層ビルの上部で夕食をとったことも、懐かしく思い出していた。

ふと、亜美と綾子がかぶって、頭の中を出たり入ったりした。

家に戻ると、そんな永田を明美が出迎えた。子供たちはもう布団の中だ。

「お帰りなさい、ご苦労様でした。お風呂にしますか、それとも夕食にしますか?」

「先に風呂に入るよ」

綾子の匂いが残っていてもまずいし、疲れを癒したい気持ちもあった。それに、今は明美の顔をまともに見られる気分ではない。

遅い夕食をほどほどにして、二階の部屋に上がる。頭の中のスイッチが入れ替わって、仕事のモードになっていく。

明日は、ある町の下水道工事の机上説明が午後二時からある。この工事は、永田が仕込んで佐伯建設が受注できるようにはしてある。しかし油断はできない。指名業者が全て納得しているわけではない。いずれ話をつけなければならない……と、そんなことを考えていると、ベッドに入ってもなかなか眠りに入れなかった。

永田はいずれ、こんな夜が長く続くことになるのだ。

十一

永田は人の使い方と仕事の根回しが、徐々にうまくなっていった。あまり使い物にならない人間は付き合いを少なくしていくのだが、仕事の情報をくれるだけでもありがたかった。それにしても、金がかかる。人を使って仕事がうまく受注できれば、酒の席も設けなければならない。しかし、佐伯社長は人を使うことをあまり良く思っていない。だから永田は、交際費は滅多に申請しなかった。したがって自腹が多い。そんなことを続けていたら、下手をすれば家庭までおかしくなってしまう。実際、原田営業部長は身に合わない金を使いすぎて、会社に返済できず、佐伯建設を去っていった。永田は原田のようになるまいと、官庁、民間問わず仕事を取れるだけ取っていった。

そんなある日、昼過ぎにポケベルが鳴り、ディスプレイに綾子のアパートの電話番号が表示された。熱海以降のこの二ヵ月ほど、綾子のことはつい頭の中から消えていた。

綾子に電話すると、泣きじゃくりの声で言った。

「宏さん、東京に出ていってもいいですか。もう残された時間は少ないです。来週の土曜日、行くことに決めました。本当に、これが最後です」

明美と綾子と仕事の三点セットで、永田の頭の中はいっぱいだ。

まず片付けるのは、やっぱり仕事だろう。下水道工事も入札が近づいてきたが、道筋がつき、あとは入札を待つだけになった。

次に問題なのは綾子だ。スケジュールを完璧に作られてしまった。もう彼女に従うしかない。永田の心を奪った綾子の、最後の希望を叶えないわけにはいかないだろう。ただ、問題は妻の明美だ。二ヵ月ちょっとの間で土、日の出張が二度もあるわけがない。

明美はもうわかっているのではないか。わかっていて、あえて許しているのではないか、と永田は考える。結局、明美は夫が手の平からこぼれないようにうまく操っているのだろう。そのくらい寛容でなければ永田の妻は務まらない、と明美は思っているに違いない。

結局、永田は今度の土、日は久しぶりに新宿で大学の小庭研究室の仲間とホテルに一泊して酒を飲み交わそうということになった、と理由を作った。すると明美は、

「久しぶりに後藤さんたちに会えるんですね。どうぞ楽しんできてくださいね」

と微笑んだ。半分は嫌味に聞こえた永田だった。

綾子の東京駅到着は十二時頃の予定だった。ホームで永田が待っていると、人波が薄れてから綾子が新幹線から降りてきた。綾子はすぐに永田の姿を見つけた。今日の綾子は上下純白のスーツを着こなしていて、一瞬、芸能人のような雰囲気を感じさせる姿だった。

二人は東京駅から中央線の快速に乗り、新宿まで無言のままだった。新宿駅に着くと永田は綾子の手を握り、地下プロムナードを歩いていく。少し早いが、荷物が邪魔なのでホテルにチェックインする予定だ。

ホテルは永田が大学に通っていた時に毎日前を通過していたホテルだった。なぜこのホテルを選んだのか、永田自身、不思議で仕方なかった。ひょっとしたら綾子と亜美を重ね合わせて、このホテルを選んだのかもしれない。

（そういえば、亜美は今頃どうしているんだろうか。誰かと結婚して、子供もできて幸せに暮らしているだろうか。そうは言っても、家は工務店だから、家を継いでいるとすれば、旦那は建築を学んだ人だろう……）

そこまで考えた時、いけない、いけない、と永田は頭の中を切り換えた。

これが永田の欠点だ。いつまでも昔の女の思い出を抱いて生きている。それは今ここにいる綾子に対しても、まして家を守っている明美に対しても申し訳がない。今は綾子のことだけを考えよう、と永田は反省した。

二人はホテルの部屋に入り、シャワーを浴びる。まだ陽は高いのだが、ベッドに横たわると自然に抱き合い、燃え上がった。永田は、綾子とも今回が最後だと思いながら、頂点に達して果てていった。

ベッドで一休みすると、バスローブから服に着替え、外へ出かける支度をした。永田の頭の中には、今夜の行動がすっかり出来上がっている。

ホテルの外に出ると、初夏の風が心地よく二人の顔を撫でた。綾子は人の多さにややびっくりした様子で、はぐれないように永田の手をしっかり握った。

西口の高層ビル群に向かって二人は歩いていた。綾子は頭をあちこちに動かし、高層ビルを眺めている。気になったビルの名称を、永田に聞く。

「あれは住友ビル。あのビルの上階で夕食をとるつもりだよ」

「さすが、よく知ってるのね。大学生の頃、他の女性と来てたところだったりして」

綾子は笑いながら言ったが、女の勘は凄い。たしかに亜美とよく来ていた店だった。永田にとっては、慣れた店なら勝手もわかっていて都合が良いのだ。

ビルに着きエレベーターに乗って上昇し出すと、綾子が永田に身を寄せてくる。たぶん速度の速さにびっくりしたのだろう。

そのレストランは永田のお気に入りの店だった。海産物が新鮮で非常に美味しい。奥の席で西新宿の街の眺めが良い場所を予約しておいた。

席につくと、綾子は窓から下界を一生懸命に眺めた。

「宏さん、凄いわね、東京は。本当に思い切って来て良かった。たぶん、これが最初で最後ね。本当にありがとう、宏さん……」

永田もこれが綾子との最後の晩餐だと思うと、寂しくもあり、ほっとする気持ちも心の片隅にあった。

美味しい料理を食べ、お酒もほどほどに入った二人は、ホテルまで歩くのがしんどくなり、タクシーを捕まえた。

ホテルの部屋に戻ると、いきなり綾子が永田の唇を求めてキスをしてくる。二人とも服を脱いでベッドに横たわる。今まで永田は、自分から先に綾子を愛撫したことはあまりなかったが、今夜に限ってはその行為を積極的に行った。綾子はすでに頂点に達している。こんな綾子を見るのは初めてだった。今夜が最後と覚悟を決めているからなのか？

二人は燃えて、燃えて、果てていき、そのあとは子供のように朝まで寝入ってしまった。


永田は闇の中にいた。どこからかシャワーの音がする。永田がベッド横の時計を見ると、朝の九時半を指していた。ベッドの上に放心状態でいる永田に、バスローブを着た綾子が朝の口づけをしてくる。おはよう、と挨拶をして、永田もシャワーを浴びに行った。

今日で綾子とは永遠の別れとなる。これでいいのだ。こういう関係は長く続けるものではないのだと、永田は腹に決めていた。しかし今後、綾子はどんな人生を歩んでいくのだろう。それを思うと、永田は切なくなる。

二人は服に着替えて、遅い朝食をホテル二階のレストランでとった。二人とも、もう言葉を交わす無意味さを感じていた。

部屋に戻り、帰り支度をする。永田は八万円が入った封筒を、綾子のバッグのサイドポケットにそっと入れた。

東京駅に着くと、博多行きの新幹線が止まっている。綾子はバッグをホームに置き、永田を正面からじっと見つめてきた。永田も綾子を見つめ返す。互いに自然に手を前に出し、両手で握手する。二人の頬を涙が伝った。

「短い間だったけれど、宏さん、本当にありがとう。あなたが最初で最後の人でした。体に気をつけてください」

「早く芸子にキリをつけて、第二の人生を歩んでください。きっと幸せに暮らせる日が来るよ」

綾子は新幹線の窓側に席を取り、ホームに立っている永田をじっと見つめている。出発の音楽が流れる。永田はまた、イルカの「なごり雪」を胸の中で歌い始めた。

綾子には、本当に心を奪われた。これが、妻明美に対しての二回目の背任行為だった。


週明けに、ある町の下水道工事の入札が行われる。当日、永田は会社で書類にもう一度目を通して、間違いがないか確かめて庁舎に向かった。道筋がついている入札でも、本当に落札するまでは、いつになっても緊張するものだ。

入札一回目で、佐伯建設が落札した。落札後、町の首長に挨拶をして、本日の仕事はこれにて終了。こういう日は、他の仕事はしない永田だった。緊張した心身を休めるためだ。

この頃、佐伯建設にとって大きな出来事があった。会長が引退し、女社長の佐伯が会長になり、その息子の副社長が社長となったのだ。しかし永田にとっては、さほどの出来事には思えなかった。それは、前体制でも新体制でも、役職名が変わるだけで社内での力関係は変わらないからだ。

そんなことより、次の町の仕事と民間の仕事がいくつも重なって、永田は体というより頭がいくつあっても足りない状態が続いていた。キャパオーバーだったのかもしれない。夜になっても仕事のことで頭が冴えてしまい、なかなか寝つけない。そんな夜が何日も続き、ついには耳鳴りとめまいがするようになってきた。

これは医者に頼るしかないと思い、永田は市内の耳鼻咽喉科に行った。診断の結果、突発性難聴という病名を告げられ、薬をもらった。しかし、永田は体調の悪い中でも、仕事を仕込み続けた。この時、すでに心身ともに悲鳴を上げていたのだ。

数日後の夜、夕食もほどほどにしてベッドに入り、二時間ほどうとうとした頃、強烈なめまいと嘔吐と耳鳴りに襲われた。一階に寝ている明美と娘、息子が、永田の騒ぎにびっくりして二階に上がってきた。明美は救急車を呼んだ。

階段の踊り場で倒れている永田を、救急隊員が「ご主人さん、大丈夫ですか?」と言いながら担架に載せ、救急車に入れ込み、一番近い総合病院へと向かった。車内での無線のやり取りだけは、永田にも微かにわかった。

病院に着くと、明美が最近の永田の体の状況を、当番医に話しているのが聞こえた。当番医は永田に、頭のCTを撮るので頑張ってくださいと言った。嘔吐とめまいの状況でまず疑うのは頭部の異常であることくらいは永田にもわかった。しかし検査結果は、脳には異常がないとのことだった。

当番医は、詳細検査を明日、担当医が説明するのでこのまま入院してくださいと言っている。あとの細かいことは明美が対応した。

永田は病室に運ばれていき、とりあえず点滴を入れられた。たぶん、めまい止めと吐き気止めが入っているのだろうと永田は思った。

明美があとからやってきて、ベッドの脇に座った。

「子供たちは、どうした?」

「隣の奥さんが面倒見てくれて、今夜は寝かせてくれるって」

隣家の主人は永田より五歳年上の小学校時代の先輩で、実家も隣同士だ。永田が小さい頃はよく遊んだものだった。

永田は少し眠りにつくことができ、翌朝は五時頃に目が覚めた。

「家に帰って子供の支度をしてやってくれ。それと、隣にはお礼を言っといて。あと、携帯電話を家から持ってきてくれ」

と永田が言うと、明美は呆れたような顔をした。

「こんな状態の時に、仕事のことは忘れてください。私が会社にきちんと話をしておきますから。今は何しろ、休むことですよ」

「そうもしてられない。何箇所も連絡を取らなければいけないし、大事な連絡も入ってくることになってるんだ」

「わかったわ。だけど、ほどほどにしておいてください」

明美は永田の掛布団を直しながらそう答え、家に戻っていった。

明美が帰ると永田は考えた。とりあえず脳に異常がないということは、突発性難聴がひどくなって違う病気が発生したのだろうか？

その後、一週間以上も検査をした結果、メニエール病という病名が付いたのだった。原因は、疲労・ストレス・不眠等で、それらが重なって耳の三半規管のバランスが崩れる病気だという。医者にそう言われて、永田は納得する事項がいくつもあった。こんなことで納得してもしようがないが、正直、永田はまいっていた。この頃の永田は営業部長で重責をになっており、本人の性格も責任感が強く繊細だった。性格が病気を引き起こしたともいえる。

病名がはっきりしたので、耳鼻咽喉科の医者が主治医になった。メニエール病は完治することはなかなか難しく、一旦良くなってもまた再発することもあるという。

それから一週間後、永田は退院となって会社に復帰したが、めまい・不眠・不安感が付きまとうようになった。車を運転していても、いつめまいが起こるかわからない。そんな状態で仕事を進めていたが、体重は十キロ落ち、抑うつ状態にも陥ってしまった。体重が減ったことで、血液検査はかえって良好になったが、仕事に対するモチベーションはかなり下がっていった。

ある友人が整体師を紹介してくれた。聞くところによれば、この整体師はメニエール病患者をよく治しているとのことだった。仕事が終わると永田は、明美に車を運転してもらい、片道四十分くらいかかる整体所に一日置きに一ヵ月通った。その間、可哀想だが子供たちの夕食はコンビニ弁当だった。

しかしこの整体所は、ユニック車を使った移動可能なコンテナハウスで、看板も掲げていなかった。誰かの土地を借りてヤミでやっている、と永田は感じた。何しろ一回五千円の領収書も出さないのである。それでも明美は献身的に永田の面倒を見た。だが、この整体で永田の病気が治ることはなかった。

綜合病院の主治医に、永田は自身の体と気持ちを詳細に話した。その結果、主治医は言いづらそうに、心療内科を受診したらどうかと勧めた。永田は泥沼にはまっていくような感覚を覚え、翌朝、初期と同じくらいのめまいに襲われてしまった。

明美は、今の総合病院では駄目なようだから、明美の亡父が喉頭がんの時に主治医だった医者が勤めている総合病院に行こうと言って、永田を連れていった。

結局、二度目の入院となり、担当看護婦がベッド脇に来て点滴を用意しながら言った。

「永田さん、長いトンネルに入らないようにしないとね」

どういう意味なのか永田にはわからなかった。

この時は五日間で病院を出され、結局はこの総合病院の心療内科への紹介状を渡され、受診することになった。前の総合病院の主治医の言っていたとおりだった。

心療内科の診察室に入ると、まるでそこにいる医者自身がうつ病なのではないかと思うくらい暗い。それでも永田が今までの状況を話すと、医者はいきなりこう言った。

「あなた、このままだと自殺するかもしれませんよ。これは労働災害です。労災を申請しましょう」

そして薬の処方をされたが、それを飲んでも全く良くはならなかった。それを見ていた明美が「典高さんに診てもらったらどう？」と言った。典高は永田の従兄で、永田が最初にかかった総合病院に内科医として勤務している。こんなことなら最初から典高に相談すれば、こんな遠回りをしなくて済んだかもしれない、と永田は思った。

翌日、典高に診断してもらうと、答えはこうだった。

「いいメンタルクリニックを紹介するよ。うちの看護婦連中もよく紹介するけど、一週間ほどで大体落ち着いてくるよ」

「精神科」と言わず「メンタルクリニック」と言うところに、従兄の気遣いが見えた。

早速、明美の付き添いでメンタルクリニックとやらに行く。着くとびっくり、患者がたくさんいる。待ちに待ってようやく永田の順番が来たので、明美と一緒に診察室に入ると、典高の紹介状を読んだ医者は「大体わかりましたが、詳細をお聞かせください」と言った。

永田は初回のめまいからメニエール病、そして今日に至るまでを話した。早口で喋ったので息が苦しくなった。すると明美が、

「そんなに急がなくていいよ。気持ちを楽にしてね」

と優しく声をかけてきた。しかし永田は、気持ちが楽にできればこんなところに来なくて済むんだ。できないから今ここにいるんじゃないか、といらついた。やはり病は、なった人でなければわからないものだ。

とりあえず三日分の薬をもらい、すぐに飲むようにと言われた薬を飲んで三十分くらい経つと、今までの世界が嘘のように気持ちが落ち着いてきた。その日は夕食も食べられて、二ヵ月ぶりに熟睡できた。睡眠導入剤は飲んでいないのに不思議だった。

永田には、この日から一ヵ月の休養が必要だという診断書が出ていたので、休暇の申請をするために明美に会社に行ってもらった。メンタルクリニックの医者には、一ヵ月間どう過ごせばいいのか聞いたが、「家で何も考えず、ゴロゴロしてればいいですよ」と言われた。

この時、永田の頭の中を、ある言葉が過《よぎ》った。
――長いトンネルに入らないようにしないとね。
二度目の入院をした時の看護婦の言葉だった。

十二

結局、永田は労災申請は行わなかった。佐伯建設の隠蔽主義が、いつの間にか永田にも染み付いていたのだろうか。

休暇に入ってから二週間すると、仕事に対してのモチベーションが復活してきた。だがメンタルクリニックの医者は、今仕事に戻ると病気が再発する恐れがあると言い、あと二週間は休むように指示をした。

やがて、予定の休暇時期を終えて、永田は会社へ復帰した。すると思いもよらぬ辞令が佐伯社長から出された。

「永田宏を設計積算部部長に命ず」

半病人を営業の表舞台には出したくないのだろう、と永田はその辞令を判断した。

しかし顧客は、永田をまだ営業部長として仕事の話をしてくる。部署が替わったと言っても、今まで営業の窓口となっていたのだから引き続き頼むと言われ、営業部を通り越して仕事の話が永田に来てしまうことが多かった。だが永田自身は、営業の話が来た時は、相手に理由を話し、営業部に振っていた。

設計積算部といっても、たまにある建築設計施工の物件は、設計は外注に出しているし、建築工事の積算は建築部に指示してやらせているので、設計積算部ではチェックするだけだ。上がってきた積算データをチェックして、下請け業者の予算をもう一度絞り、実行予算を出して、客出し値を社長と協議をして決めるのが永田の仕事の大半だったので、永田の能力からすると時間を持て余すことが多かった。たぶん、会長と社長は永田の半病人状態に対して、ある程度仕事に余裕を持たせて様子を見ようということだったのだろう。

異動から二ヵ月ほどが過ぎると、佐伯社長が永田を社長室に呼んだ。社長が何を要求するのか、永田には大体予想がついていた。

永田が社長室に行き、社長と対面でソファーに座ると、総務の女性がお茶を運んできてテーブルに置いた。茶碗の中を見ると、茶柱が立っている。永田は意外とこういったことを気にするタイプだ。お茶を一口啜ってからテーブルに置くと、佐伯社長が尋ねた。

「体調はいかがですか?」

「絶好調までとは行きませんが、仕事に対しては何も心配なくなりました」

「実は会長と相談して決めたことなんですが、このままだと永田部長がもったいないので、低迷しているリニューアル部の統括部長になってもらいたいのです。よろしくお願いします」

佐伯建設には「リニューアル部」という部署があり、部長一人、課長一人、主任二人で仕事をこなしていたが、工事受注が少なくて毎年赤字の部署であった。会長、社長ともこの部署には頭を悩ませていたのだ。

そして、この会社、言い換えれば佐伯会長と社長は、社員の意見は決して聞かない。いつも結論が先に出ていて、それを押し付けるだけだ。嫌なら会社を辞めていいよ、ということだろう。つまり、永田はリニューアル部統括部長を受けざるを得なかった。わざわざ〝統括〟と付けたのは、すでに部長が一名いるので、その上に立てということだろう。

リニューアル部は一階の受付の奥に構えている。永田はまず部長と話をし、こう言い放った。

「仕事の受注については、今後一切、営業部には任せず、私が営業の窓口となり、この部の仕事を受注します。まず、今年度は完工高十億円を目標にします。リニューアル部はあと人員を二名増やすつもりなので、私と部長を除いて五名で、一人約二億円の手持ちとなります。今までが部全体で二億円ぐらいの完工高でしたから、一年で五倍にします。それには小規模の改修工事だけでは売上が上がりません。私は営業に徹しますので、部長は仕事を少人数でどうやってこなすか、考えてください。今までのやり方では駄目です。一つの工事が数億円となる工事も受注していきます。頑張ってお願いします」

いずれリニューアル部が年間十億円以上の完工高を上げていくには、技術者を二人程度、補充しないと駄目だ。永田は佐伯会長・社長に人材を要求した。二人とも、先行投資はいかがなものかと言ったが、永田は建築部の頃から現場を一緒にやってきた中田をリニューアル部に部署替えするように頼んだ。あと一人はハローワークから紹介があった人物を面接してもらって、なんとか人員確保することができた。

永田の営業感覚は、すぐに復活した。まずは数億円の目玉工事を受注しないと、この部の勢いがつかない。部署名は「リニューアル部」ではあるが、永田はマンションの情報を得て、ディベロッパーに営業を仕掛けた。図面を見ると十億円は超える物件だ。二、三社が見積りを行っているようだが、この物件は永田が受注できそうな気がした。あくまでも長年の営業の勘でしかないが。

何度かの予算調整をする中で、ようやくディベロッパーの予算に届くことができ、ディベロッパーの担当がオーナーに報告を行い、佐伯建設との工事契約が確約された。いよいよ、この部も忙しくなる。このマンション工事の人員は、リニューアル部から三人、土木部からは一人の助っ人をもらい、計四人態勢でスタートすることにした。ここまでの手配は全て永田が行った。

リニューアル部は部長以外のあと二名の仕事も順調に工事受注ができた。部長には工事全体をマネジメントしてもらうことになっているので現場は与えず置く。これでお腹いっぱいの状態だ。

そんな折、部長が永田のデスク前に立ち、鼻をぴくぴくさせた。

「どうかしましたか?」

と永田が聞く。

「うちの部は、もともとリフォームや修繕工事が主体の部です。こんなに一気に新築工事をこなすことになるとは予想もしてませんでした。これでは全部の現場のマネジメントなんか、私にはできません。建築部とやることは同じじゃあないですか」

「部長、今まで何年、この部は赤字が続きました? 利益を上げるには多少のリスクは覚悟しなければなりません。前も言ったとおり、逆算していけば年間一人二億円、これが基本です。リニューアル工事をやらないということではありません。軌道に乗ればいろいろできるようになります。少しの間、頑張ってください。私も協力しますよ」

部長は気まずくなったのか、現場の見回りをしてきますと言って外へ出ていった。少し強引なことくらい、永田も承知の上だ。

しかしこの時も、永田は〝長いトンネル〟に入ったままだった。精神安定薬、抗不安薬、抗うつ薬の三種類の薬を、夕食後まだ飲んでいた。いつになったらこれらの薬を必要としなくなるのだろうかと思うと気が遠くなるが、最低でも仕事をしている限りはやめられないだろうと思っていた。

それと、長い間手術に失敗していたお尻の穴が三たび疼いている。仕事が軌道に乗ってきたので、三度目の正直でイボ痔に最後のメスを入れることを決意した。

さすがに三度目となると、名医を探した。この肛門科は失敗がないと皆が言う。今度こそは頼みますよ、と祈るような気持ちであった。

手術の前に腸の内視鏡検査も行って、午後から手術に入った。オペ室で下半身に麻酔をする前に、ドクターがいきなり永田に尋ねた。

「永田さんは、音楽は何が好きですか？」

「先生、オペと何か関係があるんですか？」

「体をリラックスさせるために音楽をかけるんですよ。お尻の穴にも力が入らなくていいんですよ」

「それでは、ニューミュージックでお願いします」

珍しいドクターだな、と永田は思った。

オペが終わると、ドクターは永田のお尻のてっぺんを手で二回叩いた。あとで理由を聞くと、おまじない、と言っていた。やはり変わっているドクターだ。

永田は一週間入院した。この病院は手術の次の日から普通食を食べさせた。食べれば当然、便が出る。手術したばかりなので、排便と一緒に出血もする。それと、朝は必ず風呂に入る。これが術後のリハビリとなるらしい。手術の次の日から普通食を食べさせるのは、便をしないとお尻の穴が小さくなってしまうからだという。

退院の時はまだお尻の穴から出血があったが、ドクターは自信を持って言った。

「一ヵ月すれば、自然に違和感はなくなりますよ」

術後十日目には会社へ復帰した。各現場は順調に仕事が進捗していてほっとした。しかし永田は、一ヵ月は禁酒をしなければならなかった。リニューアル部の社員は皆、苦労をしているので、永田の酒の解禁日にはポケットマネーで現場職員を労った。

酒が入ると皆元気になる。だけど不満は一つも出ない。永田はできる限り現場職員の面倒を見た。金銭的に多少の無理もした。

こうしてリニューアル部は勢いに乗り、数年すると売上、利益ともに伸びていった。その頃、永田は実績を評価されて、わずかな退職金をもらい、取締役リニューアル部担当となった。

ある日、店舗兼事務所の全面改修工事と一部増築工事の見積り依頼が、永田のところへ飛び込んできた。リニューアル部の五人は全て現場に入っており、それも一人一現場で頑張っている。しかし、ここでクライアントの依頼を断るわけにはいかない。見積りは課長の篠部に、自分の現場を管理しながらやるように半ば押し付けた。

問題は、受注が決まった時に誰に現場担当をしてもらうかだ。永田が施主の予算をボーリングした結果、約一億円の工事ということだった。ならば現場職員は一人いればいい。ただ、その一人が難しい。建築部から人を借りるわけにはいかない。永田にも面子がある。

まして今の建築部長は、永田の中学時代の同級生ときている。中手ゼネコンからの天下りで、これもまた、会社にはコネで入ったくちだ。元々仕事に対する考え方が、地元建設業者と合うわけがない。全てが机上の論理で仕事を進めてしまう。営業と現場は、生き物と同じなのだ。時間単位でどんどん変化をしていく。しかしこの建築部長は現場回りをせず、ほとんど電話でのやり取りで済ませてしまっていた。永田は思った。いつか建築部で大きなクレームや失敗が出なければいいのだが、と。

ただ、ここは他人事ではない。永田は考え抜いた末、デザイナーズマンション現場がもうすぐ終わるので、少し残務整理と工期が被るが、松本主任にやってもらうしかないと決めた。今の現場も突貫工事だったが、そこは我慢してもらうしかない。

永田は急いで松本のいる現場事務所へ行き、膝を突き合わせて話をした。すると松本はこう言った。

「取締役、自分はこの現場で一日も休んでいないんですよ。現場が終わったらしばらく休暇を取るつもりです。本当に疲れました……」

「それでもいい。受注したらクライアントと工期の調整をしよう」

永田はそう言って、松本の肩をポンと叩き、会社へ戻った。

永田の予定どおり、この仕事は佐伯建設が受注できた。早速、永田と篠部課長と松本主任は、クライアントの社長と担当者に工事受注の挨拶に行った。クライアントは永田を信頼してくれているのでありがたい。これでなんとか山は越せるだろうと思っていた。

ところが翌朝、松本が永田のデスク前に立ち、

「これをお願いします」

と言って白い封筒を差し出した。封筒には、あまり整った字ではないが「退職届」と書いてある。さすがの永田も、頭に血が昇っていくのがわかった。

「これを出すなら、なぜクライアントにおまえを紹介する前に出さなかった。松本、本気でこれを出すのか」

「この前、次の現場の話で取締役が来られた時に、話すつもりだったんですが、なかなか話すタイミングが見つからず、ずるずると今日になってしまいました。誠に申し訳ありません……」

これはいくら止めても無駄だな、と永田は感じた。

「わかった。で、どこへ行くつもりだ。これだけの啖呵を切るんだから、もう決まってるんだろう」

「ハウスメーカーの現場監督をすることに決まっています。妻と相談して決めました。ちゃんと休日も取れますので」

永田は思う。今の若い連中は、全員とは言わないが、技術者としてのプライドがないのだろうか、と。実際、辞めていく松本も仕事はできたが、資格は何も取得していない。こ

のままハウスメーカーに行けば、材料と職人の手配師で終わってしまうだろう。それでいいのだろうか？　松本に対しては、永田もかなり面倒を見たのだが……。

結局、松本の退職届を受け取ることにして、佐伯社長に退職届を上げると、「仕方ないですね。止める必要もないんじゃないですか」と軽い答えだった。

今回のことは松本の、佐伯建設に対してというより、永田に対しての背任行為だった。

結局、永田は篠部課長を説得して、現場の掛け持ちをしてもらうことにした。リニューアル部に無理が来ているのは、永田も百も承知だ。

それと、もう一つ問題が出てきた。部長が怠慢になってきたのだ。現場を担当している社員から、部長に対してのクレームが出ている。現場への協力度がほとんどゼロパーセントに近いらしい。残業もしないし、現場のクレーム処理もしないという。永田は、これは自分に対しての嫌がらせとも思えてならなかった。

永田が現場を回って社員とコミュニケーションを取ると、「あの部長はいらないですよ」と本音を言った。永田は決断を下した。部長を建築部に上げて、一現場担当者として使ってもらうしかない。部のトータルマネジメントは無理だ。それだけの器だったと永田は結論づけた。

時を置かず、佐伯社長に話をつける。永田の言うことを社長は百パーセント了解した。これもリニューアル部の実績を理解しているからだろう。

さて、これからリニューアル部員四名でどれだけ仕事をこなせるのか、永田はさすがに考えてしまった。永田の顧客数からいっても、とても四人ではこなしきれない。考え抜いた末、下請け業者の中で工務店クラスが五業者程度いるので、この工務店の現場監督をうまく使って、現場のマネジメントを永田が面倒見れば、どうにかなりそうだということになった。

しかし、すぐにその日はやってきた。永田はオーバーワークに陥ったのだ。それでも、いつもの三種類の薬を飲んでいればなんとかなっていた。

この時点で、佐伯会長・社長を除く取締役の中では、永田の報酬は一番だった。したがってリニューアル部の社員を月に二、三回は誘い、飲み屋街でストレスを発散させていた。

妻の明美は、ポケットマネーでそこまでやらなくても……と思っていたが、口には出さなかった。それよりも、永田が早く〝長いトンネル〟から抜け出してくれるようにと、心の中で思っていたのだった。

十三

いよいよ、リニューアル部解散の打診が永田に覆い被さってきた。佐伯会長・社長の判断だ。永田は社長に呼ばれた。

「永田取締役、いつもご苦労かけて申し訳ありません。リニューアル部も四人の社員でよく頑張ってくれています。ただ、永田取締役の営業力を非常にもったいなく思うことがあります。少ない社員では仕事をこなす限界があります。会長とも相談した結果、リニューアル部の社員四人は全員、建築部に入ってもらい、永田取締役は営業に復帰してもらいます。よろしいですね」

永田はしばらく考え、社長に上申した。

「対外的なことも踏まえて、取締役の上に冠を付けてもらいたいと思います」

社長は細い目を丸くして言った。

「永田さんが、私の右腕になってもらえるということですか?」

佐伯社長は永田の出身高校の六歳下の後輩だ。やってやるしかない。前期決算の売上高は五十億円強でしかなかった。これを二、三年で六十五億円まで上げる決意をした。

「それでは、常務取締役営業担当ということでよろしいでしょうか」

社長がそう言うと、永田は黙って頷いた。しかしここで、思わぬ追加事項が社長の口から出た。

「私から永田さんにお願いがあります。建築部の取締役も常務に抜擢したいのです。それと、もう一つあります。林経理部長に管理部長を兼務してもらいます。したがって、下請け業者の選定も、永田常務の意見を入れながら林にやらせてください。よろしいですね」

これは全然よろしくない。営業のトップと建築部のトップが同格というのは、仕事が非常にやりづらい。やはり営業が主導権を握らないと技術屋を仕切れないのだ。それと、林経理部長に下請け業者選定を任せていいものだろうか。下請け業者選定は、現場の工事規模、内容によって左右される。現場は生き物と同じなのだ。林の性格からして、そんなことはお構いなしで、最終的には安価な業者でどうでしょうか、と永田に言うだろう。また、林が佐伯建設の経理を全て握っているため、金の調整はいくらでもできるはずなので、そうなると下請け業者との癒着が発生しないだろうか、と永田は考えた。しかしここで反対を唱える理由にはならない。

そこで永田は「よろしいのではないですか」と一言だけ言った。

ここから永田と、建築部、林経理部長のバトルが始まるのである。

永田がメニエール病になる前で、まだ営業部長職の頃、高校時代の同級生の父親が亡くなり、葬儀の際に何人かの友人と久しぶりに顔を合わせたということがあった。

俺たちも親を送る年頃になってきたな、などと葬儀のあと立ち話をしていると、県庁職員の中井が言った。

「有志に声をかけて〝無尽〟をやったらどうかな」

永田もこれには賛成した。

「無尽の発起人会を、どこかで飲みながらやろう」

永田がそう言うと皆も賛同し、早速、発起人会のメンバーを決めて、会の開催日時と会場も決めた。

発起人会のメンバーの、永田、県庁勤務の中井、税理士の田口が集まり、話し合い兼飲み会が行われた。

「中井、田口、この前は葬儀、ご苦労様でした。俺たちも社会人として皆、組織の中枢に入ってきた年齢だと思う。これからの人生を考えると、無尽会を作って改めて友好を深めていきたいよな」

永田が口火を切ると中井が言った。

「まず無尽の会長、幹事、会計を決めて、あとは無尽会の名称も合わせて決めよう。会長は、もう決まってますよ。永田宏さんで決定ですね。それと、幹事は私がやらせてもらいます。そうすると必然的に会計は田口になるな。金銭の扱いは慣れてるから、ベストポジションだよね」

「あと、会の名称をちょっと思いつきで言わせてもらうとだな、頭に天下泰平の〝泰〟を取って、二文字目はみんな海が好きだから太平洋の〝洋〟を取って、泰洋会ではどうだろう?」

永田が提案すると、「最高ですね」と、高校の頃、永田に一番気を遣っていた中井が言う。

「あとは会員メンバーだな。あまり多くても統率が取れなくなるから、十人程度でどうかな。メンバーは会長が選んでくださいよ」

と田口が言うので、永田はOKサインを右手で作った。

三人でいろいろ話し、酒を酌み交わし、ほろ酔い気分でタクシーを拾って家に向かう間、永田は頭の中を巡らせた。会員メンバーに誰を選ぶかだ。永田の色が濃くなっても面白くないので、ここは無尽会で役に立つ職業で人選しようと決めた。

建設・県庁・税理士と揃ったから、あとは他に市役所・警察・教員・医者・弁護士・電気メーカー、それになぜか永田の色に染まっている美術商と刑務官。警察には世話になるかもしれないが、刑務官に世話になってはまずい。前科者になってしまう。この十一人体制で行こうと決めた。

中井と田口に、永田が決めたメンバーに連絡を取らせた。ちょうど高校時の理系と文系が半々ぐらいで収まっている。

無尽会の会場は、やはり高校の同級生が経営している割烹料理店で決まった。あとは会の規約を作成するのだが、それは中井と田口に任せた。こうして「泰洋会」が始まった。

佐伯建設の社長は永田と同じ高校の六歳下なので、当然、泰洋会メンバーたちの後輩にあたる。永田が無尽の会長であることで、いろいろな情報をメンバーからもらうことができる。即ち、泰洋会は佐伯建設にとっても有益な無尽会ということになるのだ。

しかしこの関係は、やがて永田が嵌められた時、破滅することになる。


常務取締役営業担当となった永田は、まず一つめに営業部のフロアーを三階から一階に移した。その理由は、三階は総務部・経理部それと会長室・社長室がある。そんな環境の中では営業活動の本音が暴露されかねない。営業は〝本音と建前〟で業界と顧客に対応しなければならないものだ。相手から携帯電話に連絡があった場合、部の部屋の外に出ればそれなりの話ができるが、固定電話に連絡があった場合は、周りに気を遣って話さなければならない。しかし今の環境だと、部屋の外に出てもおちおち話もしていられない。それと、営業部を一階にしたのには、永田の体力も影響していた。毎日、何回も三階まで階段を往復することが、かなりの体力消耗になっていたのだ。永田ももう決して若くはない。ただ、その割には夜、飲食街に出向くのは平気だった。

二つめには、営業案件の見積りは、全て永田が建築部の社員に直接指示を出すことにした。一応、建築部の常務にその旨は伝えた。しかし、見積り案件に対しての担当を選択するのも一苦労だ。皆、現場を管理しながら見積りをさせなければならない。たまに、ちょうど現場を上がってきた建築部社員がいれば、それにやらせればいい。ただ佐伯建設は、現場担当に残業手当はない。全て現場手当勘定でごまかしている。現場担当がまともに残業時間を申請すれば、ほとんどが労働基準法に引っかかり、佐伯建設は刑罰を受けることになるだろう。皆よく我慢をしていると永田は思う。それに加えて永田の見積り依頼が行けば、ダブルパンチをくらうのと同じだ。

だが、大変なのは建築部の社員だけではない。上がってきた全ての見積りを精査するのは永田一人だ。ひどい時は見積り提出日の前日の午後あたりに「積算上がりました」と資料を持ってこられる。そうなると永田は夜を徹して実行予算をはじき、クライアントへの見積り金額を内定しなければならない。それが終わると佐伯社長にアポイントを取り、見積り金額を最終決定する。

そんなストレスの溜まる仕事を何年か続けたおかげで、佐伯建設の年間完工高もようやく六十五億円に達することができた。

永田の役員報酬もかなりの額になっていた。夜、時間が取れる時は月に二、三回は行きつけのラウンジに顔を出す。大体、二軒を行き来していた。一か所はカウンターだけの店で、七人座ると満員御礼だ。そのママとは五、六年の付き合いがあったが、プラトニックラブで終わってしまった。

彼女はバツイチで息子が一人いるが、もう社会人となっていた。その頃、新顔の客が来てママを気に入ったらしく、ママの話だと週一回は通っているという。そのうちに、その客が「自分は病気で、いつどうなるかわからない」という話をし、ママの心を揺さぶった。

ある夜、店に顔を出すと突然、ママが永田に言った。

「宏君、聞いてほしいことがあるの」

ここのママは永田のことを「宏君」と言うから、なんだかバツが悪い。

「ひょっとしたら再婚するんじゃないの？」

永田は冗談を言ったつもりだったが、それが的中した。

「よくわかったわね。ほら、病気持ちのお客さんにアプローチされてるって言ったでしょ。私、かなり口説かれて、その人の面倒を見てやりたいと思ってるの」

と、四十歳前のママが言う。しかし永田はママの本心が見えたような気がした。たぶん、男の保険金目当てだろう。永田が彼女との付き合いでわかったのは、彼女は自分のものにならない男には決して身を許さないということだった。

それからどんな結末になったのかは、永田の知るところではない。

この頃、佐伯建設の総務部長は警察からの天下りだった。もう十年くらいはそうだった。建設業にはこの類の人間が必要なのだ。佐伯建設での肩書は大体、理事でスタートする。佐伯会長に気に入られれば、のちに取締役に昇進する。まあ、どちらになっても報酬は変わらず、責任だけ重くなるのだ。

永田が常務取締役の役職時期は、三人目の警察天下りの総務部長だった。この人物は非常に口が軽かった。永田の役員報酬が、この部長の口から他の役職員たちに知れ渡ってしまった。その結果、役職員のほとんどが、永田は特別な役員待遇だという嫉みを抱くようになった。しかし永田自身は、そういう噂に気づいても仕事の手法は決して変えなかった。そのため、建築部の役職員と林経理部長が永田降ろしに出た。しかもそれは佐伯建設内だけでは収まらなかった。建設業界の他会社の営業担当連中も、永田の民間営業の凄さには前から舌を巻いていたため、この連中の誰かが裏で永田降ろしを仕掛けていた。

ある日、永田が受注した民間工事の下請け業者選定を林経理部長と話し合ったところ、林がこう言った。

「設備工事は、この会社が一番安価です。決めたいと思いますが、どうでしょうか」

永田はその会社を含め、四業者の見積りに目を通したが、やはり永田が思ったとおり、林が決めようとした業者の見積り内容に重大な積算ミスがあった。それは四業者の見積り内訳を照合していけばわかることである。それを林に伝えたところ、

「それは○○設備の責任です。大体、図面もちゃんと渡しているのですから。私が交渉して提示金額でやらせますので、任せてください」

と言い切った。永田は、他の現場でも同じ○○設備を使っていることを思い出した。

永田に対しては、永田がこれだけ営業をして仕事を受注していくには営業経費もかかっているはずだが、その金をどこから出しているのか、などということまで噂が社内で煙を立てていた。

永田は営業経費が必要な時は、ほとんど自腹を切っていた。それと、あとは仕事を受注するまではなるべく営業経費を使わないように心がけた。仕事が受注さえできれば、現場の経費で受注お礼の顔合わせ接待とか、時にはゴルフ接待が可能になるのだ。何しろ佐伯建設会長・社長とも、工事受注までは無駄金は使いたくないのだ。普通は逆だ。仕事を受注するために営業経費を使うものだ。

こんな営業の裏の苦労を、佐伯建設の誰もがわかるはずがなかった。

永田の営業に使う金も、だんだん薄くなってきている。「佐伯建設の営業は苦労するぞ」と言って会社を去っていった諸先輩の言葉を思い出し、永田の心を突き刺した。できるものなら建築現場で営業経費を作ってもらいたいくらいだった。

永田はたまに東京に営業に出て、夜、疲れ果てているのだから直行で家に帰ればいいものを、行きつけのラウンジで酒を静かに飲んで、飲食街を通り抜けソープランドで一日の汗を流して家路につくこともある。ところが、こんな些細なことでも誰かが永田の姿を見かけ、また噂が流れるのだ。それも、どこかの下請け業者と一緒だったと、あらぬこともプラスされてだ。この時、永田は六十歳の還暦を迎えていた。

十四

その日が来る一ヵ月前の役員会議で、佐伯社長は「来月、税務署が会社に入ります」と言った。七年ぶりの定期調査ということだった。これについて、永田はこの時は聞き流す程度だった。

佐伯建設に税務署が入る日が来た。会社側で対応するのは、社長と林経理部長の二名だった。通常は会社の顧問税理士が立ち会うのが当然だが、佐伯建設の場合は東京の公認会計士が顧問となっている。これも佐伯会長の性格で、地元の税理士を選ばずわざわざ東京の公認会計士をチョイスしたのは、税理士よりも公認会計士の方が社会的地位が上だからなのと、世間に対しての見栄もあるのだ。

しかし、税務署に対しては税理士の方が会社のために役立ち、汗もかいてくれる。大体、税務署の調査に立ち会わない顧問会計士など無用の長物だ。

顧問料を年間いくら払っているかは永田は知らないが、佐伯会長のことだから、かなり低い報酬なのだろうとは思っていた。それと、佐伯建設に税務署が入る前に、この顧問会計士は当然、事務所所員を送って諸帳簿のチェックをさせ、不備のないように処理させているはずだ。だから結果にかなり自信を持っているのだろう。

毎年二月下旬に株主総会が行われるが、もちろん永田もその時にはこの顧問会計士に会う。しかし最初からあまり良い印象は持っていなかった。

まあ、株主総会といっても、佐伯会長・社長の親子のために開いていると言っていい。たぶん二人で総株数の九十パーセント近くを所有しているだろう。

永田が取締役となって今まで、役員には一回も決算役員報酬が出たことはなかった。そんなこともあってか、佐伯建設は優良納税会社として何度か表彰されている。しかし、そんなことで会長・社長とも胸を張るよりは、役職員にそれなりの決算報酬を与えて個々に税金を払ってもらった方が、役職員のモチベーションも上がると永田は思うのだが、どうも親子揃ってさらさらその気はないようだ。

結局、株式会社ではあっても、実態は親子二人が自由にできる会社なのだ。

そんなことを自分の席で永田が思い耽っていると、デスクの内線電話が鳴った。内線十番が点滅している。社長室からだとわかった。永田が受話器を上げて、ご苦労様ですと言うと、「ちょっと社長室によろしいでしょうか」と返ってきた。永田は重い腰を上げて三階の社長室へ向かった。

社長室のドアが開いていたので、失礼しますと言いながら入り、ソファーに座った。極秘の話以外は通常、社長はドアを開けたまま話をするのが慣例だ。ところがこの時は、社長自身でドアを閉めた。永田はその瞬間、尋常ではない話だと感じた。

社長は永田の向かいに腰を下ろすと、こんなことを言った。

「今、四階で税務署が調査を行っていますが、税務署員の一人がおかしなことを言ってるんですよ」

「どんなことを言ってるんですか？」

「実は、永田常務が下請け業者から金銭をキックバックさせてはいませんか？　という質問があったのです。――本当のところをお聞かせ願いませんか」

「覚えはありません」

永田は即答した。

「覚えがなければ、それに越したことはないんですが、どうも税務署はかなり自信を持って言っているような気がするんですが」

「社長、私のことを疑ってるんですか？　税務署は裏を取っているんですか？」

「いいえ、証拠となるものは何も見せてもらっていません。いずれにしろ、税務署の特別国税調査官が、永田常務と午後に話をしたいと言っておりますので、対応お願いします」

永田は社長室を出て、一階の自分のデスクに戻って考えた。役員は会社経営者の一員なので、もしも永田が裏金を営業活動費として使用したとなると、その金は会社の収入となり、使途不明金の扱いで、税金逃れとして扱われることとなるだろう。しかし、証拠もないものをわざわざ特別国税調査官が引き抜きにかかるだろうか？

そこで永田は、可能性があるのは、税務署への投書しかないと考えた。

ここで無尽の泰洋会メンバーを使わない手はない。永田はすぐに税理士の田口の携帯電話を鳴らす。呼び出し音が演歌ときてる。こいつに演歌は合わない。今度の無尽会でニューミュージックにするように言おう、などと考えていると、「グッドモーニング」と田口が出た。

「あのなあ、田口税理士さんよ、もう昼近いのにその挨拶はないだろ。今、大丈夫か？」

「大丈夫だよ。それより会長から電話くれるなんて珍しいじゃない。どうかしたんですか？」

「どうかしたから、電話してるんじゃないか。実は今、会社に税務署が入ってるんだ。問題はないと思ってたら、俺をつついてきた。何の裏もつかんでないのに、だ。特別国税調査官は、俺が下請け業者から金銭をキックバックさせているんじゃないかと言ってるらしい。どう対応したらいいかアドバイスをくれ」

「それはやられましたね。証拠がなく、それだけ自信を持って会長を引き抜きにかかってるのは、おそらく税務署へのタレこみでしょう。それも一通の投書ではないでしょうね。複数回、会長の名前が上がらなければ、税務署はまともに動きませんよ。心当たりはありませんか、会長」

あるとすれば、建築部の連中だ。仕事を受注するためにかなりの無理をさせてきた。その無理に対して、会社から残業代が出るわけもないし、特別手当が出るわけでもない。それに対して永田の役員報酬は、連中の給料に比べれば倍以上はあるだろう。永田への嫉みは以前から感じていた。

下請け業者はどうだろうか、と考えたが、永田のおかげで仕事が割り振られてうまくいっているのだから、その線はないだろう。しかし最近では林経理部長が、永田の意向に反して下請け業者を決定する場面も増えつつある。何しろ林は佐伯会長・社長の子飼だ。下請け業者決定も永田抜きで、林と佐伯社長が行うケースも出てきている。

それでも永田が常務取締役営業担当になってからは、顧客も下請け業者も、佐伯建設の社長に重きを置くよりも永田に相談することが多くなっており、仕事の件は永田と話をしなければ駄目だと言うようになっていた。社長としてもあまりいい気持ちではないはずだ。林も同様だろう。

それと、これは考えすぎかもしれないが、来春、永田の高校の同級生で県警の警視長が、佐伯建設に天下ってくるのだ。彼は高校時代、永田には逆らわない人物だった。ただ永田の役下で天下ってくるのはプライドが許さないはずだ。たぶん総務部長理事の肩書きとなるだろう。こいつが天下りの条件として、ところてん方式で永田を会社から押し出すことを望んだとすると、佐伯会長・社長が三味線をひいたのかもしれない。

最後に考えられるのは、他社の営業マンだ。永田は建設業界のトップ営業マンであり、民間の受注競争で彼らとは常にバトルを繰り返している。彼らにとって永田は目の上のたんこぶだ。そろそろ佐伯建設の永田を引きずり降ろしたいと思っているに違いない。

永田なりに考えられることを、全て田口に話した。

「永田会長、さすがですね、どれをとっても真実味があって私も頭を悩ませますよ。ただ、今は原因をつかむ時ではないと思います。午後からの特別国税調査官の取り調べの対策を考えないと。取り調べは午後一時半からでしたよね。ちょっと時間をください。過去の事例を調べて午後一時には電話しますよ」

何が「さすがですね」だ。そんなことで褒められてもしょうがない。頼むぞ、田口税理士、と思いつつ、永田は賢い返答を待つことにした。

昼休み、愛妻弁当を開けて昼食を取ろうとしたが、なかなか喉を通らない。今日は永田の好きなハンバーグ、ウインナー、目玉焼きだ。それでもなんとか食べ終えた。

時計を見た。午後一時まであと二十分ほどある。過去を頭の中で追ってみるが、下請け業者からのキックバックのことは、どう考えても身に覚えがない。ただ一つ、あれがキックバックと言えるかどうか、ということはあった。これも先ほどの電話で田口に伝えてはある。

仕事付き合いの長い下請け業者の社長から、「これを営業活動費に使ってくれ。私のポケットマネーだから心配いらない」と言われて金を受け取ったことがあるのだ。しかしこれをキックバックだとは永田は思ってもいない。キックバックとは、下請け業者の取り決め金額に上乗せした金額から、税金等の諸経費を差し引いた金をもらうことであり、完全に仕込まれた行為である。しかし役員が、理由はどうあれ他社から金銭を受け取ること自体、会社にとっては雑収入となり、それを営業経費で使用したとしても交際費扱いとなり、課税対象となる。したがって金銭をどういう理由で他社から受け取ろうと、それは佐伯建設への背任行為となるわけだ。

そんなことを頭の中で整理していると、田口税理士から着信があった。

「永田会長、過去の事例をいろいろ調査したけど、特別国税調査官が名指しでそれだけのことを言うとなれば、調査のお土産を必ず税務署へ持ち帰るつもりですよ。最低限のことは話してネタをやらないと、徹底してやられますよ。会長が役員である以上、背任行為と見なされることになります」

「わかったよ、田口。下請け業者の社長からポケットマネーを受け取って営業活動費として使わせてもらったと言え、ということだな」

「そうだね。それと、会長の銀行口座は全て調査済みだと思うよ。あとは、これで終わらせて佐伯社長と腹を割って話すことが一番だと思う。こちらからキックバックを要求したのではないのだから、わかってくれるとは思うが、心配なのは永田会長が佐伯社長にあまり良く思われていないことだよ。あとは会長の気持ち次第だと思うよ」

ただ永田が悔しいのは、誰がどんな理由で自分を佐伯建設から排除したいのかがわからないことだった。

約束の時間が来たので、永田は指定された三階の打ち合わせ室に向かった。ドアをノックすると自然にドアが開いた。開けたのは特別国税調査官だった。

「どうぞ、席にお座りください」

と笑みを浮かべながら言う。永田が椅子に座ると、調査官は名刺を出した。それには「法人担当」と書いてある。もっとも、佐伯建設の調査に入っているわけだから、それは当然の肩書きだろう。

「永田常務さん、営業は大変でしょう。競争相手も多いことだし、仕事がモノになるまではストレスが溜まりますよね。それと、営業経費はかかるし、その準備にも気を遣いますよね。午前中、佐伯社長に伺ったところ、一万円以上の交際費は事前に申請して許可が下りないと駄目なようですね。けれど、いつどんな時に営業費が必要になるかわかりませんよね。だから、いつでも財布の中身を気にしていなければならない、そんなことはありませんか？」

「まあ、そうですけどね。ただ、私の報酬は社内では会長・社長を除くと一番なので、なんとかやりくりしてますよ」

調査官はノートを捲り始め、あるページを見つめている。

(何を握っているんだ……?)

だが、決定的な証拠はないらしい。ここは根競べとなりそうだ。

この時、永田は田口税理士の言葉を思い出した。

しばらく沈黙があったあと、調査官が言った。

「下請け業者さんから、営業経費をキックバックで協力してもらっていませんか?」

「下請け業者の社長から、『営業経費に使ってください。これはポケットマネーだから心配いらない』と言われ、受け取って営業活動費に使わせてもらったことがあります」

永田は素直に言った。

「そうですか。その下請け業者の名称を教えてください」

「どうしてそこまで言わなければならないんですか? それはキックバックではありません。あくまでも下請け業者の社長のポケットマネーです」

「永田さん、いくらポケットマネーといっても、佐伯建設の収入となり、交際費扱いにもなります。ここははっきりさせておかないと、いけないんです」

結局、永田は下請け業者の名称を調査官に言った。これは田口税理士の指示でもあった。

調査官はニヤリとして、もう一度ノートのとあるページを見て、何やら納得しているようだった。

（税務署への投書には、下請け業者名も書いてあったのか。しかし下請け業者名だけでは、税務署に投書した人物は絞れないな）

永田は心の中で「やられた！」と叫んだ。あとは佐伯会長・社長が永田をどのように処分するかだ。永田は最悪の事態を覚悟した。

とりあえず、今日はこれまでとなり、明日もう一度調査を受けることとなった。

永田は田口税理士に電話をかけ、特別国税調査官とのやり取りを事細かく伝えた。

「永田会長、それでいいんですよ。調査官にお土産を与えたことになるし、彼らもこれ以上は突っ込んでこないと思いますよ。ただ、いくら下請け業者の社長のポケットマネーといっても、佐伯建設への背任行為になります。あとは佐伯会長・社長がどのような処分を下すか、最悪の事態を考えておいた方がいいと思いますよ」

「田口、いろいろ悪かったな。俺も腹をくくったよ。会長と社長はたぶん、この行為を良しとはしないだろう。理由はどうあれ、俺は明日、税務署の調査が終わったら、役員退任届を社長に出すつもりだ。これで俺も解放されるよ」

「まだ会社側の判断が決まったわけじゃないんだから、様子を見た方がいいんじゃないですか？　それからでも遅くはありませんよ。それに、永田会長を欲しい会社は、いくらでもあるでしょうし」

しかし、建設業界ではずっと〝佐伯建設の永田〟で通ってきた。あまりにも名を売りすぎていて、かえって遠慮する会社の方が多いように永田は思う。

その夜、明美に役員退任届を明日、社長に出すことを話した。

「一度決めたことをひっくり返す人ではないから、しょうがないですね。少しゆっくりして次のことを考えればいいんじゃないですか」

永田はベッドに入ってから、自分を陥れた人物を想像しては消し、消しては想像することを繰り返し、怪しい人物を数人に絞ったが、そこから先に行くことはできなかった。悔しくて今夜は眠れそうになかった。


翌日、常務取締役営業担当の席につくのも今日で最後だ、と思いながら、デスクで役員退任届の文章をしたためた。

その日の午後、税務署の調査が終わったところで、佐伯社長へ内線をかける。アポを取って三階に上がる。三階の総務部の職員は永田を見ると、ご苦労様です、といつもの言葉を発した。ただし、林経理部長の姿はそこにはなかった。

社長室に入って社長と向かい合わせでソファーに座ると、総務部の女の子がコーヒーを二つ持ってきた。佐伯建設で飲むコーヒーも、これが最後の一杯となる。こんなに味わって会社のコーヒーを飲むのも久しぶりだった。

社長が口火を切った。

「税務署の調査も終わりました。細かいところの修正で済みそうです。ただ、結論が出ないのが、特別国税調査官から報告のあった、永田常務の件です。でも、この件は会社の方で処理しますので、心配しないでください」

ということは、永田の背任行為による金は、会社の収入として扱うということになるわけだ。ここで永田は甘い考えをしそうになった。ひょっとしたら格下げで、ただの取締役で留まれるのだろうか、と。しかし永田はその考えを排除した。

佐伯社長の前に、役員退任届を差し出す。

沈黙が続いた。

今度は永田が口火を切った。

「下請け業者の社長からポケットマネーを受け取ったのは事実です。それを全て営業活動に使ったことも事実です。しかし、それはあってはならないことだったと思っております。したがって、本日をもって常務取締役を退任させていただきます。私にとって役員退任ということは、佐伯建設から去るということになります。三十八年間、誠にありがとうございました」

「そうですか。そこまで覚悟を決めていらっしゃるのですか」

「社長、私が営業を任されてから本当に大変でした。それでも売上高を十五億円ほど伸ばすことができました。ここが私の引き時かもしれません。若い連中が、私が辞めてどれだけ頑張ってくれるか、楽しみにしてますよ」

これが、佐伯建設・永田の最後の言葉となった。

佐伯建設の自社ビルを眺める永田の頬には、冷たい物が流れていた。

永田はまだ〝長いトンネル〟に入ったままだが、自分を陥れた人物は必ず仕留めてみせる、と心に誓って、ある建設会社へと向かって車を走らせたのだった。

了

著者プロフィール

南 泰一 (みなみ たいち)
1955年生まれ
一級建築士

背任

2019年2月15日 初版第1刷発行

著 者 南 泰一
発行者 瓜谷 綱延
発行所 株式会社文芸社
〒160-0022 東京都新宿区新宿1－10－1
電話 03-5369-3060（代表）
03-5369-2299（販売）

印刷所 株式会社フクイン

ISBN978-4-286-20224-2 JASRAC 出 1813647－801